Vente des 28 et 29 Avril 1909

(HOTEL DROUOT)

COMMISSAIRE-PRISEUR : Mes FOURNIER et DESVOUGES

CATALOGUE

DE

LIVRES ILLUSTRÉS

ANCIENS ET MODERNES

ÉDITIONS ORIGINALES D'AUTEURS CONTEMPORAINS

SUITES DE VIGNETTES

COMPOSANT LA BIBLIOTHÈQUE

DE FEU M. CHARLES-ÉMILE OUACHÉE

Ancien membre de la Chambre de Commerce de Paris.

PREMIÈRE PARTIE

PARIS

LIBRAIRIE HENRI LECLERC

219, RUE SAINT-HONORÉ, 219

ET 16, RUE D'ALGER

1909

CATALOGUE

DE

LIVRES ILLUSTRÉS

ANCIENS ET MODERNES

LA VENTE AURA LIEU

LES MERCREDI 28 ET JEUDI 29 AVRIL 1909

A 2 heures précises

HOTEL DES COMMISSAIRES-PRISEURS, 9, RUE DROUOT

SALLE N° 7

Par le ministère de **Me ÉDOUARD FOURNIER**, commissaire-priseur

29, RUE MAUBEUGE, 29

Et de **Me ANDRÉ DESVOUGES**, son confrère,

26, RUE GRANGE-BATELIÈRE, 26

Successeur de Me MAURICE DELESTRE

Assistés de **M. HENRI LECLERC**, libraire

219, RUE SAINT-HONORÉ, 219

ET 16, RUE D'ALGER

VOIR L'ORDRE DES VACATIONS A LA FIN DU CATALOGUE

CONDITIONS DE LA VENTE

La vente se fait au comptant.

Les acquéreurs paieront 10 pour 100 en sus des enchères.

Les livres vendus devront être collationnés dans les vingt-quatre heures de l'adjudication. Passé ce délai, ils ne seront repris pour aucune cause.

M. Henri LECLERC, libraire chargé de la vente, se réserve la faculté, dans l'intérêt de la vente, de réunir ou de diviser les numéros du catalogue. Il remplira les commissions qu'on voudra bien lui confier.

CATALOGUE

DE

LIVRES ILLUSTRÉS

ANCIENS ET MODERNES

ÉDITIONS ORIGINALES D'AUTEURS CONTEMPORAINS

SUITES DE VIGNETTES

COMPOSANT LA BIBLIOTHÈQUE

DE FEU M. CHARLES-ÉMILE OUACHÉE

Ancien membre de la Chambre de Commerce de Paris.

PREMIÈRE PARTIE

PARIS

LIBRAIRIE HENRI LECLERC

219, RUE SAINT-HONORÉ, 219

ET 16, RUE D'ALGER

1909

LIVRES ANCIENS

1. ANACRÉON. SAPHO. BION ET MOSCHUS. Traduction nouvelle en prose, suivie de la veillée des fêtes de Vénus et d'un choix de pièces de différens auteurs, par M. M*** C** (Moutonnet de Clairfond). *A Paphos et se trouve à Paris, chez Bastien*, 1780, gr. in-8, veau marb., fil., dos orné, tr. dor. (*Rel. anc.*).

   2 figures par *Eisen*, gravées par *Massard* et *Duclos*, 12 vignettes et 13 culs-de-lampe par *Eisen*, gravés par *Massard*.

2. ARNAUD (B. d'). Épreuves du sentiment. *A Paris, chez Le Jay*, 1772, 2 vol. in-8, figures et vignettes par Eisen, mar. rouge, fil., dos orné, dent. int., tr. dor. (*Rel. anc.*).

   Tomes I et II.

3. ARNAUD (B. d'). 4 dessins exécutés à la mine de plomb pour les Œuvres de Baculard d'Arnaud, in-8.

   3 dessins et 1 cul-de-lampe sur vélin; le premier porte la signature *Ch Eisen invenit et fecit 1769*. Ils sont montés sur bristol bleu avec passe-partout doré.

4. BASAN. Cabinet Choiseul ou recueil d'estampes gravées d'après les tableaux du cabinet de Mgr. le duc de Choiseul, par les soins du sieur Basan. *A Paris, chez l'auteur*, 1771, in-4, veau porph., fil., dos orné, tr. marb. (*Rel. anc.*).

   Titre par *Choffard*, dédicace gravée, portrait du duc de Choiseul non signé, 12 pp. gravées pour la description des tableaux et 128 planches.

5. BASAN. Cabinet Poullain ou collection de cent-vingt estampes gravées d'après les tableaux et dessins qui composoient le cabinet de M. Poullain... précédée d'un abrégé historique de la vie

des auteurs qui la composent, exécutées sous la direction du sieur Fr. Basan. Le sieur Moitte, peintre, en avoit fait les dessins, d'après les tableaux, avant la mort de ce célèbre amateur. *A Paris, chez Basan et Poignant*, 1781, in-4, veau porph., fil., dos orné, tr. marb. (*Rel. anc.*).

Exemplaire du PREMIER TIRAGE.
Les planches 20 et 61 sont rognées au cadre.

6. BOCCACE (Jean). Le Decameron de Jean Boccace, traduit par Le Maçon. *Londres* (*Paris*), 1757-1761, 5 vol. in-8, veau marb., fil., dos orné, tr. rouges (*Rel. anc.*).

3 titres gravés, 1 portrait, 110 figures et 97 culs-de-lampe par *Gravelot, Boucher, Cochin* et *Eisen*, gravés par *Aliamet, Baquoy, Flipart, Legrand*, etc.
Exemplaire fatigué.

7. **BOCCACE.** Suite de 25 eaux-fortes, 12 figures et 37 culs-de-lampe par Gravelot, Boucher, Eisen et Cochin, pour illustrer le *Decameron*, édition de 1757-1761, in-8.

Les eaux-fortes sont pour les tomes ci-après : Tome I : figures nos 7, 12, 13, 18 (eau-forte pure et avancée), 20. — Tome II : nos 13, 17, 18, 20, 22 (eau-forte pure et avancée). — Tome III : nos 2, 15, 16, 20. — Tome IV : nos 6, 10, 22. — Tome V : nos 5, 7, 13, 20, 21, 23. — On y a ajouté une variante (eau-forte) pour la figure 4 du tome I.
Parmi les 12 figures 5 sont avant les numéros et avant la signature des artistes.
Les culs-de-lampe sont en TIRAGE A PART, la plupart à toutes marges.

8. BOILEAU. Œuvres. Nouvelle édition, avec des éclaircissements historiques donnés par lui-même, et rédigés par M. Brossette ; augmentée de plusieurs pièces, tant de l'auteur, qu'aïant rapport à ses ouvrages ; avec des remarques et des dissertations critiques par M. de Saint-Marc. *A Paris, chez David*, 1747, 5 vol. in-8, mar. bleu, encad. de fil. dor. et dent. à froid, milieu orné de fers dor. et à froid, dos orné, large dent. int., non rognés (*Thouvenin*).

Edition recherchée, ornée d'un portrait par *Rigaud*, gravé par *Daullé*, de 5 fleurons sur les titres par *Eisen*, gravés par *Boucher*, 39 vignettes par *Eisen*, gravées par *Aveline, Delafosse*, etc. 25 culs-de-lampe et 6 figures pour le *Lutrin* par *Cochin*.
Bel exemplaire auquel on a ajouté :
1° La suite des 6 figures de *Moreau*, gravées en 1807, épreuves AVANT LA LETTRE. Le portrait de Boileau, gravé par *Saint-Aubin*, en 2 états : EAU-FORTE et épreuve avant la lettre.
2° Le frontispice par *B. Picart* et la suite des 6 figures de *B. Picart* pour le *Lutrin*, gravées par *Vinkeles* (la figure du chant VI est et 2 états, dont l'EAU-FORTE).
Deux des figures de Cochin sont remontées.

9. BOSSUET. Oraisons funèbres avec des notes de tous les commentateurs, suivies du sermon sur l'unité de l'Eglise. *A Paris, chez Lefèvre*, 1825, gr. in-8, dos et coins mar. brun, non rogné (*Thouvenin*)..

Exemplaire imprimé sur GRAND PAPIER VÉLIN, contenant le portrait de Bossuet en épreuve AVANT la lettre.

10. CALENDRIER pour l'an troisième de la République française et l'ère vulgaire du 22 septembre 1794 au 22 septembre 1795. (*Paris*, 1795), in-32, mar. rouge, pet. dent., au milieu petit sujet galant, dos orné, tr. dor. (*Rel. anc.*).

Texte gravé, calendrier pour l'an III (1794-1795), 6 figures, et carnet de gains et pertes.

11. CERVANTES. Les principales aventures de l'admirable Don Quichotte.. *La Haye*, 1746, in-4, monté sur onglets, cartonn. demi-toile rouge.

Suite de 29 figures (sur 31) par *Coypel*, *Le Bas*, *Cochin*, *Boucher*, gravées par *Schley*, *B. Picart*, *Tanjé*, etc.
Epreuves avec les numéros, très rognées.

12. CHODERLOS DE LACLOS. Les Liaisons dangereuses. Lettres recueillies dans une société, et publiées pour l'instruction de quelques autres. *Londres* (*Paris*), 1796, 2 vol. in-8, cartonnés.

2 frontispices et 13 figures par *Monnet*, Mlle *Gérard* et *Fragonard fils*, gravés par *Baquoy*, *Duplessi-Bertaux*, *Dupréel*, *Langlois*, *Lemire*, etc.

13. CHOISEUL-GOUFFIER (Comte de). Voyage pittoresque de la Grèce. *Paris*, 1782-1809, 2 vol. in-fol., demi-rel. mar. rouge à longs grains, non rognés (*Rel. de l'époque*).

Portrait gravé par *Dien* d'après *Bailly*, fleurons, culs-de-lampe, planches et cartes par *Choffard*, *Monnet*, *Moreau*, *Dambrun*, etc., gravés par *Ingouf*, *Trière*, *Berthaut*, *Delignon*, etc.

14. COLLECTION COMPLÈTE DES TABLEAUX historiques de la Révolution française, composée de cent douze numéros (Texte par l'abbé Fauchet, Champfort, Guinguené et Pagès). *A Paris, chez Auber*, an XIII-1804, 3 vol. in-fol. cartonnés.

3 frontispices par *Fragonard fils*, gravés par *Malapeau* et *Copia*, 153 gravures dessinées par *Delvaux*, *Duplessi-Bertaux*, *Fragonard fils*, etc., gravées par *Berthault*, *Choffard*, *Coiny*, etc., 66 portraits-médaillons d'après *Chinard*, *Gérard*, Mme *Lebrun*, gravés par *Levachez*, au bas desquels se trouvent de charmantes vignettes dessinées et gravées à l'eau-forte par *Duplessi-Bertaux*.

15. COLLECTION COMPLÈTE DES TABLEAUX historiques

de la Révolution française..... *A Paris, chez Auber*, an XIII-1804, in-fol., demi-rel. bas. brune.

Recueil des 62 portraits (sur 66) auxquels on a ajouté 24 tableaux de *Couché, Duplessi-Bertaux*, représentant diverses batailles de l'Empire, avec texte en anglais et en français.

16. CORNEILLE. Suite complète d'un frontispice par Pierre, gravé par Watelet, et des 34 figures par Gravelot, gravées par Baquoy, Flipart, Le Mire, Lempereur, etc., pour le « Théâtre de Pierre Corneille ». *(Genève)*, 1764, in-8.

Epreuves anciennes remontées avec soin sur Hollande de format in-4.

17. DELAVIGNE (Casimir). Messéniennes et poésies diverses. Théâtre. *A Paris, chez Ladvocat*, 1824-1826, ens. 3 vol. in-8, demi-rel. veau vert, dos orné, ébarbés.

Exemplaire contenant la suite des figures de *Devéria* en 2 états, AVANT la lettre sur Chine et sur blanc et avec la lettre sur Chine à l'exception de quelques figures qui sont avec la lettre.

18. **DORAT.** Les Baisers, précédés du mois de mai, poème. *A La Haye et se trouve à Paris, chez Lambert et Delalain*, 1770, in-8, front., figure et vignettes d'Eisen, demi-rel. chagrin bleu, tr. jasp.

Exemplaire imprimé sur GRAND PAPIER DE HOLLANDE ; il est très grand de marges.

Les *Baisers* sont suivis des *Imitations de poètes latins*.

On y a joint un second exemplaire du frontispice gravé par *Ponce*, destiné à remplacer celui du volume qui est un peu faible de tirage.

19. **DORAT.** Réunion de 7 vignettes et de 29 culs-de-lampe par Marillier, gravés par de Longueil, Le Gouaz, de Ghendt, etc., pour les *Fables nouvelles*. Paris, Delalain, 1773, in-8.

Tirages à part.

Vignettes pour les fables XV-XX-XXI, du livre premier, I, du livre second, XVI du livre troisième, X et XVII du livre quatrième. Culs-de-lampe pour les fables 2, 5, 7, 9, 10, 14, 15, 16, 19, 22, 23, 24, du livre premier. — 1, 6, 10, 11, 14, 18 du livre second. — 4, 17, 24 du livre troisième. — 1, 4, 7, 8, 14, 18, 19 et 23 du livre quatrième.

20. DUPLESSI-BERTAUX. Recueil de cent sujets de divers genres, dessinés et gravés à l'eau-forte, par J. Duplessi-Bertaux ; représentant toutes sortes d'ouvriers occupés de leurs travaux, scènes de comédies, scènes populaires, mendiants, militaires, cavaliers, chevaux à l'abreuvoir, foires, danses de village, etc., etc. *A Paris*, 1814, in-4 oblong, demi-rel. bas. rouge, tr. jasp.

Les notes historiques sont en anglais et en français.

21. FENELON. Les Aventures de Télémaque, fils d'Ulysse. *A Paris, de l'Imp. de Monsieur*, 1790, 2 vol. gr. in-8, demi-rel. veau fauve, non rognés (*Rel. mod.*).

La suite des 6 figures de l'édition ne s'y trouve pas, mais on y a ajouté le portrait de Fénelon, gravé par *Leroux* d'après *Vivien*, tiré sur Chine, et les 24 figures de *Moreau*, publiées par Renouard.
A la suite : la Lettre de Fénelon à Louis XIV. *Paris, Renouard*, 1825, 39 pp. et fac-simile.

22. FÉNELON. Suite complète du portrait gravé par Hubert d'après Vivien et des 24 figures de Marillier, gravées par Baquoy, Dambrun, Dupréel, Delvaux, etc., pour les « *Aventures de Télemaque* ». Paris, Déterville, 1796, in-8.

Épreuves AVANT la lettre.

23. FÉNELON. Suite complète de 24 figures par Lefebvre, gravées par Delvaux, Godefroy, Simonet, Thomas et Trière pour « *Les Aventures de Télémaque* ». Paris, Didot, 1796, in-8.

Epreuves AVANT la lettre de format in-8 : le portrait par *Delvaux* manque, mais on y a ajouté un portrait de Fénelon, gravé par *Gaucher* d'après *J. Vivien*.

24. FÉNELON. Suite complète du portrait gravé par Delvaux et des 25 figures de Moreau, gravées par Simonet, de Ghendt, Girardin, etc., pour les « *Aventures de Télémaque* ». Paris, Renouard, 1802, in-8.

Epreuves AVANT la lettre.

25. FICQUET. Portraits gravés par Ficquet, 12 pièces in-4, in-8 et in-12.

Chenevière — Corneille — Crébillon (en 2 états, dont 1 avant les signatures des artistes et non terminé) — Descartes — Eisen — Fénelon — La Fontaine (portrait dit au Ruisseau blanc) — La Mothe le Vayer — Montaigne — Mme de Maintenon. — Vadé.

26. FLORIAN. Œuvres. Nouvelle édition ornée d'un portrait et de 24 gravures. Œuvres posthumes et inédites. *A Paris, chez Briand*, 1823-1824, 12 vol. in-8, dos et coins mar. violet, tête dor., non rognés (*Niédrée*).

Bel exemplaire imprimé sur GRAND PAPIER VÉLIN, contenant les figures tirées sur Chine, avec la lettre grise, et auquel on a ajouté la suite des 80 figures de *Moreau* et *Desenne*, de l'édition de 1820-1824, en épreuves AVANT la lettre tirées sur Chine.

27. GALERIE DE TABLEAUX ou contes nouveaux par un des-

cendant de Jean Bocace, pour servir à l'éducation du beau sexe. *A Tempé (Paris)*, 1780, in-8, vélin blanc.

Titre gravé et 3 jolies figures par *Martinet*.
Cohen indique 9 figures.

28. GESSNER. Œuvres. *A Paris, chez Ant.-Aug. Renouard*, an VII-1799, 4 tomes en 2 vol. in-8. dos et coins mar. vert, tête dor., non rognés (*Bauzonnet*).

Exemplaire contenant les 48 figures de *Moreau*, en épreuves AVANT la lettre.

29. GESSNER. Suite des 2 portraits et des 48 figures de Moreau gravés par Baquoy, de Ghendt, Dambrun, Lemire, pour les *œuvres* de Gessner. *Paris, Renouard*, an VII (1799), in-8.

Le portrait de Diderot manque.

30. GRAFFIGNY (Mme de). Lettres d'une Péruvienne, traduites du français en italien par M. Deodati. Edition ornée du portrait de l'auteur, gravé par M. Gaucher, et de 6 gravures exécutées par les meilleurs artistes, d'après les dessins de M. Le Barbier l'aîné. *A Paris, de l'Imp. de Migneret*, 1797, in-8, dérelié.

Exemplaire préparé pour la reliure, contenant le portrait et les 6 figures en épreuves AVANT la lettre.
Le portrait est plus court.

31. HÉNAULT (Le Président). Nouvel abrégé chronologique de l'histoire de France, contenant les événemens de notre histoire depuis Clovis jusqu'à la mort de Louis XIV, les guerres, les batailles, les sièges, etc., nos loix, nos mœurs, nos usages, etc. Nouvelle édition augmentée et ornée de vignettes et fleurons en taille-douce. *A Paris, de l'Imp. de Prault*, 1768, 2 tomes en 1 vol. in-4, veau fauve, fil., dos orné, tr. dor. (*Rel. anc.*).

1 fleuron sur le titre, dédicace gravée avec le portrait de Marie Leczinska, gravé par *Gaucher*, 3 vignettes par *Cochin*, gravées par *Moreau*, 3 lettres ornées par *Choffard*, 30 culs-de-lampe par *Moreau* et 1 grand cul-de-lampe à la fin du règne de Louis XIV.

32. HÉNAULT (Le Président). Suite d'un titre gravé et de 34 estampes allégoriques par Cochin, gravées par Prévost, Aliamet, Rousseau, Delaunay, Patas, Tillard, Delignon, pour le « *Nouvel abrégé chronologique de l'histoire de France* ». Paris, 1768, gr. in-4.

26 estampes sont à toutes marges, de format grand in-4, 8 sont plus courtes, et parmi ces dernières 4 sont AVANT la lettre.
Le titre gravé porte : *Estampes allégoriques des événemens les plus connus de l'histoire de France*. A Paris, chez Couché, 1768.

On y a joint : le portrait du président Hénault par *Cochin*, gravé par *Gaucher*.

33. **HISTOIRE** du vieux et du nouveau Testament (par David Martin), enrichie de plus de 400 figures en taille-douce, etc. *A Anvers (Amsterdam), chez Pierre Mortier*, 1700, 2 vol. in-fol., veau marb., tr. rouges (*Rel. anc.*).

2 frontispices, 1 fleuron sur chaque titre, 2 vignettes, 1 lettre ornée, 214 planches ayant 2 figures par planche, 28 culs-de-lampe et 5 cartes, par *Elgers, Goérée, B. Picart*, etc., etc.

34. **ILLUSTRES FRANÇAIS** (Les) ou tableaux historiques des grands hommes de la France, pris dans tous les genres de célébrité. Ouvrage dédié à la nation française par M. Ponce... *A Paris, chez l'auteur, s. d.* (1790), in-fol., cartonné, non rogné.

43 planches (sur 56) par *Marillier* gravées par *Ponce*. Elles sont numérotées de 1 à 43.
Le titre est orné d'un petit trophée formé de drapeaux, du bonnet phrygien et du coq gaulois.

35. **LA BRUYÈRE.** Les Caractères de La Bruyère, suivis des caractères de Théophraste, traduits du grec par le même. *A Paris, chez Lefèvre*, 1824. 2 vol. gr. in-8. dos et coins mar. gris, ébarbés (*Thouvenin*).

Un des 50 exemplaires imprimés sur GRAND PAPIER VÉLIN, contenant le portrait de La Bruyère en épreuve AVANT la lettre, tiré sur Chine.

36. **LA FONTAINE.** Fables choisies, mises en vers. *A Paris, de l'Imp. de Valade*, 1783, 2 vol. in-fol., veau marb., tr. jasp. (*Rel. anc.*).

Exemplaire contenant le frontispice et les 275 figures d'*Oudry*, en PREMIER TIRAGE. La figure de la fable du *Singe et du Léopard* est avant l'inscription.

37. **LA FONTAINE.** Contes et nouvelles en vers. *S. l.*, 1777, 2 vol. in-8. veau fauve, fil. et pet. dent., dos orné, dent. int., tr. dor. (*Rel. anc.*).

Bonne contrefaçon de l'édition des « *Fermiers Généraux* ».

38. **LA FONTAINE.** Contes et nouvelles en vers. *Paris, de l'Imp. de Didot*, l'an III-1795, 2 vol. in-4, demi-rel. mar. bleu, non rognés.

Bel exemplaire contenant les 20 figures de *Fragonard, Mallet* et *Touzé*, en épreuves AVANT les numéros.

39. **LA FONTAINE.** Œuvres. Nouvelle édition revue, mise en ordre, et accompagnée de notes par C.-A. Walckenaer. *A Paris*,

chez Lefèvre, 1822-1823, 6 vol. gr. in-8, demi-rel. mar. vert, non rognés (*Thouvenin*).

Très bel exemplaire imprimé sur GRAND PAPIER VÉLIN, contenant le portrait de La Fontaine d'après *Rigaud* et la suite des 25 figures de *Moreau* en deux états: EAUX-FORTES et AVANT la lettre.

On y a joint : WALCKENAER. Histoire de la vie et des ouvrages de J. de La Fontaine. *Paris, chez A. Nepveu*, 1814, in-8, même reliure.

40. LA FONTAINE. Suite complète du portrait par Rigault, gravé par Ribault et des 25 figures de la première suite de Moreau, pour les *œuvres* de La Fontaine. *Paris, Lefèvre*, 1814, in-8.

Épreuve AVANT la lettre, le portrait a la tablette blanche.

On y a joint : *le passage du torrent*, épreuve AVANT la lettre.

41. LÉONARD. Poésies pastorales, suivies de la voix de la nature, poème, des lettres de Sainville et de Sophie, et d'autres pièces en vers et en prose. *A Genève et à Paris, chez Lejay*, 1771, in-8, demi-rel. veau, tr. jasp. (*Rel. anc.*).

Frontispice par *Marillier*, gravé par de *Ghendt*, 2 vignettes et 2 culs-de-lampes par *Eisen*, gravés par *Aliamet* et de *Ghendt*.

Exemplaire contenant sur le faux-titre un quatrain autographe de Léonard, adressé à Madame Favart.

42. LEVAYER de BOUTIGNY. Tarsis et Zélie. Nouvelle édition. *A Paris, chez Musier fils*, 1774, 3 vol. in-8, veau marb., dos orné, tr. marb. (*Rel. anc.*).

3 frontispices par *Cochin*, *Moreau* et *Eisen*, gravés par *Gaucher*, *Ponce* et *Née*, 1 fleuron sur chaque titre gravé par *Née*, et 20 vignettes par *Eisen*, gravées par *Helman*, *de Longueil*, *Masquelier*, *Massard*, etc.

43. MARILLIER. Nouveaux trophées ou cartouches représentant les arts et les sciences composés d'attributs qui les caractérisent. *A Paris, chez Mondhare, s. d.*, in-fol. broché.

Titre dessiné et gravé par *Marillier* et 12 compositions allégoriques de *Marillier*, gravées par *Berthault*, *Arrivet*, *Bosc*, *Coupeau*, etc.

44. MARMONTEL. Contes moraux. *A Paris, chez Brunet*, 1776, 3 vol. in-8, veau écaille, fil., dos orné, tr. marb. (*Rel. anc.*).

Portrait par *Cochin*, gravé par *Saint-Aubin*, titre par *Gravelot*, gravé par *Duclos*, et 23 figures par *Gravelot*, gravées par *Baquoy*, *Legrand*, *Lemire*, *Le Veau*, etc.

45. MASSILLON. Petit Carême, suivi des sermons sur la mort du pécheur et la mort du juste, sur l'enfant prodigue... et de l'oraison funèbre de Louis XIV. *A Paris, chez Lefèvre*, 1824, gr. in-8, dos et coins mar. brun, non rogné (*Thouvenin*).

Exemplaire imprimé sur GRAND PAPIER VÉLIN, contenant le portrait de Massillon, en épreuve AVANT la lettre, tiré sur Chine.

46. MOLIÈRE. Suite du portrait par Coypel, gravé par Lépicié et de 32 figures (sur 33) par Boucher, gravées par Laurent Cars, pour les « *Œuvres* de Molière ». *Paris*, 1734, in-4.

Epreuves à TOUTES MARGES. La figure d'*Amphitrion* est fortement tachée d'eau et la figure de *Georges Dandin* manque.

47. MOLIÈRE. Suite complète d'un portrait par Coypel, gravé par Lépicié et des 33 figures par Boucher, gravées par Laurent Cars, pour les *Œuvres* de Molière. *Paris*, 1734, in-4.

Epreuves anciennes remargées.

48. MOLIÈRE. Suite complète d'un portrait, d'un fleuron et de 33 figures dessinées et gravées par Punt d'après Boucher, pour les *Œuvres* de Molière. *Amsterdam, Arkstée*, 174 in-12.

Epreuves remontées de format in-4.

49. MOLIÈRE. Suite complète d'un portrait d'après Mignard, gravé par Cathelin, et des 33 figures de Moreau, gravées par Baquoy, Duclos, de Ghendt, De Launay, etc., pour les *Œuvres* de Molière. *Paris*, 1773, in-8.

Epreuves remontées de format in-4.

50. MONTAIGNE. Essais de Michel Montaigne, avec les notes de tous les commentateurs. Edition publiée par J.-V. Le Clerc. *A Paris, chez Lefèvre*, 1826, 5 vol. gr. in-8, dos et coins mar. bleu à longs grains, ébarbés (*Thouvenin*).

Bel exemplaire imprimé sur GRAND PAPIER VÉLIN, contenant le portrait de Montaigne, en épreuve AVANT la lettre, tiré sur Chine.

51. PASCAL. Les Pensées, suivies d'une nouvelle table analytique. — Lettres écrites à un provincial, précédées d'un essai sur les Provinciales et sur le style de Pascal. *A Paris, chez Lefèvre*, 1826, ens. 2 vol. gr. in-8, dos et coins mar. grenat, non rognés (*Thouvenin*).

Exemplaires imprimés sur GRAND PAPIER VÉLIN, contenant le portrait de Pascal en épreuve AVANT la lettre, tiré sur Chine.

52. PEZAY (Le marquis de). Lettre d'Alcibiade à Glicère, bouquetière d'Athènes, suivie d'une lettre de Vénus à Pâris, et d'une épître à la maîtresse que j'aurai (par le marquis de Pezay). *A Genève et à Paris, chez Sébastien Jorry*, 1764, in-8, veau fauve, fil., tr. rouges (*Champs*).

1 figure, 3 vignettes et 2 culs-de-lampe par *Eisen*, gravés par *Aliamet, de Longueil* et *Lemire*.

53. PEZAY (le marquis de). La nouvelle Zélis au bain, poème en

six chants. *A Genève et se trouve à Paris, chez Merlin,* 1768, in-8, dos et coins mar. grenat, tête dor.

Titre gravé, 6 figures, 6 vignettes et 6 culs-de-lampe par *Eisen*, gravés par *Le Mire, de Longueil, de Ghendt*, etc.

54. ROUSSEAU (Jean-Jacques). Collection complète des œuvres de J.-J. Rousseau. *Londres (Bruxelles)*, 1774-1783, 12 vol. in-4, veau marb., tr. marb. (*Rel. anc.*).

Portrait gravé par *Saint-Aubin*, 1 fleuron sur chaque titre, et 37 figures par *Moreau* et *Lebarbier*, gravés par *Choffard, Dambrun, de Launay, Duclos*, etc., etc.

55. ROUSSEAU (Jean-Jacques). Œuvres complètes avec des éclaircissements et des notes historiques par P. R. Auguis. *A Paris, chez Dalibon,* 1825, 25 vol. gr. in-8, dos et coins mar. vert, non rognés.

Un des 10 exemplaires imprimés sur GRAND PAPIER DE HOLLANDE, auquel on a ajouté la suite des figures de *Devéria* en 3 états ; EAU-FORTE, AVANT LA LETTRE sur Chine et sur blanc.

56. SAINT-AUBIN. Premier (et second) recueil de chiffres inventés par de Saint-Aubin. *A Paris, chez la veuve de F. Chereau, s. d.*, in-fol.

13 estampes gravées par *Marillier*.
Les planches 1, 8, 12 et 13 sont plus courtes de marges et remontées.

57. SAINTE BIBLE (La) contenant l'ancien et le nouveau Testament, traduite en françois sur la Vulgate, par M. Le Maistre de Saci. Nouvelle édition, ornée de 300 figures gravées d'après les dessins de M. Marillier. *A Paris, chez Defer de Maisonneuve*, 1789-an XII (1804), 12 vol. in-4, cartonnés, non rognés.

300 figures par *Marillier* et *Monsiau*, gravées par *Dambrun, de Launay, Delvaux, Dupréel, Trière*, etc.
10 figures sont en épreuves AVANT la lettre.

58. SAINTE BIBLE. Réunion de 92 figures par Marillier et Monsiau, gravées par Dambrun, de Launay, Delignon, Delvaux, de Ghendt, etc., pour la *Sainte Bible* traduite par Le Maistre de Sacy. *Paris, Defer de Maisonneuve*, 1789-1804, in-4.

Epreuves AVANT la lettre.

59. SAINT-NON (L'abbé Richard de). Voyage pittoresque ou description des royaumes de Naples et de Sicile... *A Paris*, 1781-1786, 4 tomes en 5 vol. in-fol., dos et coins mar. rouge à longs grains, non rognés (*Rel. de l'époque*).

Fleurons sur les titres, épître dédicatoire dessinée et gravée par l'auteur, 376 gravures, 11 grandes vignettes, 74 culs-de-lampe et fleurons, 12 cartes et 1 plan, dessinés par *Auvray, Choffard, Cochin, Duplessi-Bertaux*, etc., gravés par *Aliamet, Alix, Choffard, Couché*, etc., etc.

L'exemplaire renferme la planche des *Phallus* et les 14 planches de médailles de Sicile.

60. SPECTACLE HISTORIQUE divisé par périodes de vingt-cinq ans; chaque estampe représentant les évènemens les plus remarquables d'une période et les portraits des souverains qui ont le plus influé sur les affaires de leur tems, gravés d'après les médailles des cabinets du roi et de Ste Geneviève, par F. Godefroy. avec des notes explicatives par M. Levesque. *A Paris, chez l'auteur, s. d.* (vers 1770), in-fol., dos et coins bas. grenat, tr. jasp.

Titre gravé et 10 planches par *Marillier* et *Monnet*.

61. STERNE. Suite complète des 6 figures par Monsiau, gravées par Levillain pour l'édition anglaise du « *Voyage sentimental* », publiée par Renouard.

Figures réduites de l'édition de l'an VII, in-4.
Epreuves AVANT la lettre, remontées de format gr. in-8.

62. TASSE. Jérusalem délivrée, nouvelle traduction (par Lebrun). *Paris, Musier fils*, 1774. 2 vol. in-8, veau marb., fil., dos orné. tr. marb. (*Rel. anc.*).

2 titres avec fleurons gravés par *Drouet*, 2 frontispices avec portraits du Tasse et de Gravelot, 20 figures, 23 culs-de-lampe et 20 vignettes en tête des portraits des principaux personnages du poème, par *Gravelot*.

Une figure est détachée de la reliure.

63. TASSE. La Jérusalem délivrée, en vers françois par L. P. M. F. Baour-Lormian. *A Paris, de l'Imp. de P. Didot l'aîné*, an IV-1796, 2 vol. in-4, cartonnés, non rognés.

Frontispice et 40 figures par *Cochin*, gravées par *Dambrun, de Launay, Delignon, Trière, de Saint-Aubin, Patas*, etc.

64. VIRGILE. Œuvres. traduites en françois, le texte vis-à-vis la traduction, avec des remarques, par M. l'abbé Des Fontaines. Nouvelle édition. *A Paris, de l'Imp. de Plassan.* an IV (1796), 4 vol. in-4, dos et coins chagrin noir, tr. jasp.

Exemplaire imprimé sur PAPIER VÉLIN, contenant le portrait par *Dupréel* et les 17 figures de *Moreau* et *Zocchi*, en épreuves AVANT la lettre.

65. VOLTAIRE. Romans et contes. *A Bouillon, aux dépens de la Société typographique*, 1778, 3 vol. in-8, veau racine. pet. dent.. dos orné, tr. dor. (*Rel. anc.*).

1 fleuron sur les titres, 1 portrait de Voltaire gravé par *Cathelin*

d'après *La Tour*, 13 vignettes par *Monnet*, gravées par *Deny*, 57 figures par *Marillier, Martini, Monnet* et *Moreau*, gravées par *Baquoy, Deny, Chatelain, Dambrun, Patas*, etc.

Exemplaire fatigué contenant les figures AVANT les numéros.

66. VOLTAIRE. La Pucelle d'Orléans, poème en vingt-un chants. Edition ornée de figures gravées par les meilleurs artistes de Paris. *A Paris, de l'imp. de Didot le jeune*, an III (1795), 2 vol. gr. in-4, en feuilles.

Exemplaire contenant le portrait par *Gaucher* et les 21 figures de *Lebarbier, Monnet, Marillier* et *Monsiau*, en deux états: AVANT et avec la lettre.

Portrait de Voltaire ajouté.

67. **VOLTAIRE.** Œuvres complètes, avec des remarques et des notes historiques, scientifiques et littéraires par MM. Auguis, Clogenson, Daunou, Louis Du Bois, Etienne, Charles Nodier, etc. 95 vol. — Table analytique des matières par P.-A. Miger., 2 vol. *Paris, Delangle*, 1828-1834. — Ens. 97 vol. in-8, dos et coins mar. bleu, non rognés.

Un des 12 exemplaires imprimés sur TRÈS GRAND PAPIER DE HOLLANDE auquel on a ajouté: 1° LA PREMIÈRE SUITE DE MOREAU LE JEUNE. EPREUVES AVANT LA LETTRE, gravées en 1786, par *Delaunay, Trière, Simonet, Dambrun, de Longueil, N. Le Mire, Halbou, P. Baquoy, Dalignon*, etc. (Théâtre, 44. — La Henriade, 10. — La Pucelle, 21. — Contes en vers, 4. Romans, 14. Portraits, 14).

2° La suite complète de *Desenne* (70 figures et 10 portraits), gravée en 1826 par *Touzé, Mauduit, Lefèvre, Vallot, Leroux, Alfr.* et *Tony Johannot*, etc.

Cette suite est en TRIPLE ETAT: EAUX-FORTES, AVANT LA LETTRE SUR CHINE, et AVANT LA LETTRE SUR PAPIER BLANC.

3° Environ quatre cents portraits ajoutés parmi lesquels nous mentionnerons les suivants: *J.-B. Rousseau* gravé par Ribaut d'après Aved (*épreuve sur Chine*); *J.-Jacq. Rousseau* gravé par Soliman d'après Prilley (*épreuve sur Chine avant la lettre*); *Frédéric II*, roi de Prusse: *Mme de Pompadour*, portrait non signé (*épreuve sur Chine avant la lettre*); *J.-O. de la Mettrie*; *J.-F. Ducis*, gravé sur acier par Corboult (*épreuve sur Chine*); *Roucher*, auteur du poème des Mois, gravé par Jouannin (*épreuve sur Chine*); *Login* (*épreuve sur Chine*); *Louis XIV*, portrait en médaillon gravé par Tavernier (*épreuve sur Chine avant la lettre*); *Pradon* (*épreuve sur Chine avant la lettre*); *Saint-Réal* (*épreuve sur Chine avant la lettre*); *Molière* (*épreuve sur Chine avant la lettre*); *Crébillon*, gravé par Bertonnier d'après le tableau de Mehu; *Métastase*, gravé par Boutrois et Jouannin (*épreuve sur Chine avant la lettre*); *le Père Brumoy*, gravé par Véran d'après Basset (*épreuve sur Chine avant la lettre*); *Mme de Graffigny*, gravée par J. Adam (*épreuve sur Chine avant la lettre*); *Calderon*, gravé par Cazenave (*épreuve sur Chine avant la lettre*); *Lope de Vega*, gravé par le même (*épreuve sur Chine avant la lettre*); *Regnard*, gravé par Dequevauviller d'après Couché; *Grétry*, gravé par P. Adam; *Henri IV*, gravé par Dequevauviller d'après Pourbus (*épreuve avant la lettre*); *Catherine de Médicis*, gravée par Cazenave (*épreuve sur Chine avant la lettre*); *Henri III*, *Ravaillac*, *Homère*, *Ca-*

moeus, J. Milton, Agnès Sorel, gravé par Cazenave (*épreuve sur Chine avant la lettre*).

Mme de Sévigné, gravé par *Mollet* d'après Devéria (*épreuve sur Chine avant la lettre*); *Hamilton*, portrait en médaillon gravé par B. Roger (*épreuve sur Chine avant la lettre*); *Dacier*, gravé par Barrois (*épreuve sur Chine avant la lettre*); *Destouches, Boileau* gravé par Ribault d'après Rigaud (*épreuve sur Chine avant la lettre*); *Desforges*; *Lagrange-Chancel*; *Pierre Charron*; *Mlle Champmêlé, Chapelain*, gravé par Soliman d'après Nanteuil (*épreuve sur Chine avant la lettre*); *Delille*; *Mme Dubarry* gravé par Cazenave (*épreuve sur Chine avant la lettre*); le marquis de *Louvois*; *d'Aguesseau*; *Fléchier*; *Galland*, gravé par Morel, d'après Rigaud (*épreuve sur Chine avant la lettre*); *Massillon, la Rochefoucauld, Vauban*, gravé par Boilly; *Jean Bart*, portrait non signé (*épreuve avant la lettre*); *Mlle de la Vallière* gravé par Sixdeniers d'après Devéria (*épreuve sur Chine avant la lettre*); *Colbert, Mlle de Montpensier* gravé par Bonvoisin d'après Mignard (*épreuve sur Chine avant la lettre*); *Mme de Fontanges* (*joli portrait gravé avant toute lettre*); *Mme de Maintenon*, gravé par Tavernier d'après Devéria (*épreuve sur Chine avant la lettre*); *la Fontaine*, gravé par Müller d'après Devéria (*épreuve sur Chine avant la lettre*); *Blaise Pascal*, gravé par Leroux (*épreuve sur Chine*); *Fénelon*, gravé par A. Jehotte (*épreuve sur Chine avant la lettre*): *Mme de Caylus*, portrait gravé en médaillon (*épreuve sur Chine avant la lettre*); *la Bruyère* gravé en médaillon par Ambr. Tardieu (*épreuve sur Chine avant la lettre*); *le cardinal Dubois*; *Marie Leczinska*, gravé par Beauvoisin d'après Nattier (*épreuve sur Chine*); Bossuet, portrait gravé à l'eau-forte (*épreuve avant la lettre*); *Louis XV*, gravé par Jehotte (*épreuve sur Chine*); *Marie-Thérèse*, gravé par Ethiou; *Stanislas*, roi de Pologne, gravé en 1792 par Alex. Tardieu (*magnifique épreuve*); *Gresset*, portrait ovale gravé B. Roger (*épreuve sur Chine avant la lettre*), *etc., etc.*

11 des figures de la première suite de Moreau, avant la lettre, ont été coupées au cadre et remontées avec grand soin.

68. VOLTAIRE. Seconde suite de Moreau pour illustrer les œuvres de Voltaire. *Paris, Renouard*, 1802, in-4. monté sur onglets, demi-rel. mar. vert.

Collection complète des 113 figures de *Moreau le jeune*, gravées par *Coiny, Croutelle, de Ghendt, Halbou, Ingouf*, etc., en épreuves AVANT la lettre et des 33 portraits gravés par *Saint-Aubin*, épreuves avec la lettre grise.

On y a ajouté 13 autres portraits de *Saint-Aubin*.

69. VOLTAIRE. Suite complète des 113 figures par Moreau gravées par Coiny, Delvaux, Girardet, de Ghendt, etc., et des 47 portraits gravés par Saint-Aubin pour les *œuvres* de Voltaire. *Paris, Renouard*, 1802, in-8.

Seconde suite de Moreau contenant les portraits supplémentaires.

70. ZACHARIE. Les quatre parties du jour, poème traduit de l'allemand (par Muller). *A Paris, chez J.-B. Musier*, 1769, in-8, veau brun, fil., tr. rouges (*Rel. anc.*).

1 frontispice, 4 figures, 4 vignettes et 4 culs-de-lampe par *Eisen*, gravés par *Baquoy*.

2

LIVRES MODERNES

71\. ABOUT (Edmond). Le Roi des montagnes. Cinquième édition illustrée par Gustave Doré. *Paris, Hachette et Cie*, 1861, in-8, cartonn. toile rouge, non rogné, couvert. (*Pierson*).

Premier tirage.

72\. ABOUT (Edmond). Les Mariages de Paris. *Paris, imprimé pour les Amis des livres*, 1887, pet. in-8, broché, couvert., dans le cartonnage original.

Dessins de *Piguet*. Gravures sur bois de *Huyot*.
Édition tirée à 115 exemplaires (nº 35) sur papier de Chine contenant un tirage à part de toutes les illustrations.

73\. ADAM (Mme Edmond) [Juliette Lamber]. La Chanson des nouveaux époux. Édition ornée d'un portrait et de dix eaux-fortes. *Paris, L. Conquet*, 1882, in-4, broché, couverture, dans le cartonnage de l'éditeur.

Un des 100 exemplaires (nº 24) imprimés sur papier du Japon, contenant les eaux-fortes de *Boisson*, *Boulard*, *Mercier*, *Abot*, *Vion*, *Courtry*, etc., d'après *A. Morot*, *Le Roux*, *Ed. Detaille*, *Toudouze*, *J.-P. Laurens*, *G. Doré*, etc., en deux états : avant la lettre avec remarque et avec la lettre.

74\. ADAM (Mme Edmond) [Juliette Lamber]. Récits d'une paysanne. Illustrations de G. Fraipont. *Paris, Jules Lemonnyer*, 1885, in-8, broché (*Couvert.*).

Un des 25 exemplaires imprimés sur papier de Chine, contenant le tirage à part, en bistre, de toutes les vignettes.

75\. AICARD (Jean). La Chanson de l'Enfant. Nouvelle édition, ornée de 128 compositions par T. Lobrichon, avec la collaboration de E. Rudaux, gravées sur bois par L. Rousseau. *Paris, Georges Chamerot,* 1884, gr. in-8, broché (*Couvert.*).

Prospectus de publication ajouté.
Un des 150 exemplaires (n° 11) imprimés sur papier du Japon, contenant un tirage à part de tous les bois.

76. ALBANÈS. Les Mystères du collège. Illustrés de 100 vignettes par Eustache-Lorsay. *Paris, Gustave Havard,* 1845, pet. in-8, cartonn., dos et coins mar. grenat, ébarbé (*Couvert. illust.*).

Premier tirage.
On y a ajouté les couvertures des livraisons et le prospectus de la publication.

77. ALBANÈS (A. d') et FATH (Georges). Les Nains célèbres depuis l'antiquité jusques et y compris Tom-Pouce. Illustrées par Edouard de Beaumont. *Paris, publié par Gustave Havard, s. d.* (1846), pet. in-8, cartonn. dos et coins mar. grenat jans., tête dor. (*Couvert.*).

Premier tirage.

78. ASSELINEAU (Charles). La double vie, nouvelles. *Paris, Poulet-Malassis et de Broise,* 1858, in-12, frontispice gravé sur bois, dos et coins mar. vert, tête dor., non rogné (*Couvert.*).

Edition originale.

79. ASSELINEAU (Charles). La Ligne brisée. Histoire d'il y a trente ans. *Paris, Alph. Lemerre,* 1872, in-16, dos et coins mar. citron, tête dor., non rogné (*Couvert.*).

Édition originale.
Un des 10 exemplaires imprimés sur papier de Chine, contenant le frontispice d'*Ed. Morin,* en 2 états dont l'état primitif, tiré à très petit nombre.

80. ASSELINEAU (Charles). L'Enfer du bibliophile ; six pointes sèches par Léon Lebègue. *Paris, L. Carteret,* 1905, in-8, broché (*Couvert.*).

Un des 100 exemplaires de grand luxe imprimés sur papier du Japon, contenant les pointes sèches en trois états : eaux-fortes pures, avant la lettre et coloriées.

81. AUGUEZ (Paul). Moderne et rococo. *Imp. de Pillet,* 1854. — Barthet (Armand). La Fleur du Panier. *Jules Dagneau,* 1854. — Dumas (A.). La Jeunesse de Pierrot. *Adolphe Delahays,* 1858. — Nibelle (Paul). La fin d'un songe. *Id.,* 1853. — Ens. 4 vol. in-18, brochés (*Couvert.*).

Éditions originales.

82. AUMALE (Duc d'). Les Zouaves et les Chasseurs à pied. Illustrations de Charles Morel, gravées sur bois par Cl. Bellenger, Léveil' , Noël, Paillard. *Paris, pour la Société des Amis des livres, s. d.*, in-8, broché (*Couvert. illust.*).

Édition imprimée à 123 exemplaires sur papier vélin du Marais.

83. BADAUDERIES PARISIENNES. Les Rassemblements, physiologies de la rue observées et notées par Paul Adam, Tristan Bernard, Gustave Kahn, Jules Renard, etc., etc., Prologue par Octave Uzanne, gravures hors texte de Félix Valloton, vignettes dans le texte par François Courboin. *Paris, imprimé pour les Bibliophiles indépendants*, 1896, in-8, broché (*Couvert.*).

Édition tirée à 200 exemplaires, celui-ci est au nom de M. Ouachée.

84. BALADES DANS PARIS, au Moulin de la Galette, à l'Hôtel Drouot, sur les Quais, au Luxembourg. Notes inédites par MM. E.-R., Paul Eudel, B.-H. Gausseron et Adolphe Retté. *Paris, imprimé pour les Bibliophiles contemporains*, 1894, pet. in-4, broché (*Couverture illust.*).

Édition tirée à 180 exemplaires; eaux-fortes de *Bertrand*, en deux états : coloriées et en noir.

85. BALZAC (H. de). Balzac illustré. La Peau de chagrin. Études sociales. *Paris, H. Delloye et Victor Lecou*, 1838, gr. in-8. cartonn. dos et coins mar. bleu jans., ébarbé.

Premier tirage.
Exemplaire auquel on a ajouté les 2 portraits de *Fédora* et de *Pauline* en épreuves hors texte.

86. BALZAC (H. de). Petites misères de la vie conjugale. Illustrées par Bertall. *Paris, chez Chlendowski, s. d.* (1845), in-8, broché (*Couvert. illust.*).

Premier tirage.
Bel exemplaire.

87. **BALZAC.** Les Contes drolatiques, colligez ez abbayes de Touraine et mis en lumière par le sieur de Balzac pour l'esbattement des pantagruélistes et non aultres cinquiesme édition illustrée de 425 dessins par Gustave Doré. *Se trouve à Paris ez bureaux de la Société générale de librairie*, 1855, in-8, mar. rouge, comp. de fil., dos orné, dent. int., tête dor., non rogné (*Petit, succ. de Simier*).

Premier tirage.
Un des rares exemplaires imprimés sur PAPIER DE CHINE; il provient de la bibliothèque de Paul de Saint-Victor.

88. BALZAC (H. de). Eugénie Grandet. Ouvrage orné de huit sujets dessinés par M. Dagnan-Bouveret et gravés à l'eau-forte par M. Le Rat. *Paris, imprimé pour les Amis des livres par Motteroz*, 1883, in-8, broché (*Couvert.*).

Édition imprimée à 120 exemplaires sur papier vélin, contenant les figures en deux états dont l'eau-forte pure.

89. BALZAC (H. de). Œuvres complètes. *Paris, Michel Lévy frères*, 1869-1876, 24 vol. in-8, brochés (*Couvert.*).

Édition définitive.
Exemplaire (n° 70) imprimé sur PAPIER DE HOLLANDE.

90. BARBEY D'AURÉVILLY (Jules). Une vieille maîtresse. *Paris, Alex. Cadot*, 1851-1853, 3 vol. in-8, cartonn. demi-toile rouge, non rognés.

Le tome premier est daté de 1851 et les deux autres volumes, de 1853.
Cet exemplaire semble être de l'édition originale avec un nouveau titre pour les deux derniers volumes.

91. BARBEY D'AURÉVILLY (Jules). Les Diaboliques. *Paris, Dentu*, 1874, in-12, broché (*Couvert.*).

ÉDITION ORIGINALE.
Les couvertures sont remontées sur carton.

92. BARBEY D'AURÉVILLY (Jules). Les Ridicules du temps. *Paris, Rouveyre et Blond*, 1883, in-12, broché (*Couvert.*).

ÉDITION ORIGINALE.

93. BEAUVOIR (Roger de). La Cape et l'Épée. Avec une gravure sur acier par Célestin Nanteuil. *Paris, Suau de Varennes et Cie*, 1837, in-8, cartonn. toile orange, non rogné.

ÉDITION ORIGINALE.

94. BEAUVOIR (Roger de). Le Chevalier de Saint-Georges. Deuxième édition avec de nouvelles notes de l'auteur. *Paris, H.-L. Delloye*, 1840, 4 tomes en 1 vol. in-12, dos et coins mar. citron, tête dor., non rogné.

Un des quelques exemplaires imprimés sur PAPIER JONQUILLE contenant le portrait et les 3 figures sur Chine.

95. BÉQUET (Étienne). Marie ou le mouchoir bleu. Notice littéraire par Adolphe Racot. Six compositions par de Sta, gravées par Abot. *Paris, L. Conquet*, 1884, in-16, broché (*Couvert.*).

Un des exemplaires (n° 20) imprimés sur GRAND PAPIER VÉLIN contenant les figures en trois états, dont l'EAU-FORTE PURE.

96. BÉRANGER (P.-J. de). Chansons anciennes, nouvelles et inédites, avec des vignettes de Devéria et des dessins coloriés d'Henri Monnier, suivies des procès intentés à l'auteur. *Paris, Baudouin frères*, 1828, 2 vol. in-8, en 10 livraisons.

Exemplaire en livraisons, avec leurs couvertures imprimées, contenant 33 lithographies coloriées, par *H. Monnier*.

97. BÉRANGER (P.-J. de). Œuvres complètes. Édition unique revue par l'auteur, ornée de 104 vignettes en taille-douce dessinées par les peintres les plus célèbres. *Paris, Perrotin*, 1834, 4 vol. gr. in-8, dos et coins, mar. bleu à longs grains, tête dor., non rognés (*L. Muller, succ. de Thouvenin*).

Bel exemplaire; les figures sont tirées sur Chine.

98. BÉRANGER (P.-J. de). Suite complète d'un frontispice, d'un portrait de Béranger et de 73 figures par Charlet, Lemud, Johannot, Pauquet, etc., pour les œuvres de P.-J. de Béranger. *Paris, Perrotin*, 1847-1857, in-8.

Épreuves sur Chine AVANT la lettre.

Le frontispice est en trois états : 2 épreuves gravées par *Pelée* et 1 par *Garnier*.

Cette suite est ainsi composée :

Chansons anciennes, 1 frontispice, 1 portrait et 51 gravures. Chansons dernières, 14 gravures. Ma biographie, 8 gravures.

99. BERTALL. Cahier des charges des chemins de fer. Pamphlet illustré par Bertall. *Paris, publié chez J. Hetzel*, 1847, pet. in-8, cartonn. dos et coins toile verte, non rogné (*Couvert.*).

Deuxième édition.

100. BIBLIOTHÈQUE DES VOYAGEURS. *Paris, Michel Lévy*, 1853-1860, 8 vol. in-18, brochés (*Couvert.*).

BANVILLE (Théodore de). Les pauvres saltimbanques, 1853. — LAMARTINE (A. de). Les Visions, 1854. — MAUNOURY-LACOUR (Mme E.). Asphodèles, poésies, 1860. — MÉRY. Anglais et chinois, 1853. — MURGER (Henry). Propos de ville et propos de théâtre, 1853. — Ballades et fantaisies, 1854. — SANDEAU (Jules). Un jour sans lendemain, 1853. — Le Château de Monsabrey, 1854, front.

ÉDITIONS ORIGINALES sauf « *Anglais et chinois* ».

101. BIBLIOTHÈQUE ROSE ILLUSTRÉE (de la). *Paris, Hachette et Cie*, 1868-1880, 11 vol. in-12, dont 6, cartonn. dos et coins mar. de diverses couleurs, non rognés, couvert., les autres, brochés (*Couvert.*).

Exemplaires imprimés sur PAPIER DE CHINE.

ALCOTT (Miss L.-M.). Sous les lilas. — GIRARDIN (Jules). La disparition du grand Krause. — Gouraud (Mme J.). Le petit colporteur. — La petite maitresse de maison. — Maréchal (Mlle Marie). La dette de Ben-Aïssa. — Martignat (Mlle de). L'oncle Boni. — Les vacances d'Élisabeth. — Ségur (Mme la Ctesse de). Un bon petit diable. — La sœur de Gribouille. — Witt (Mme de). En quarantaine. — La petite fille aux grand'mères.

102. BOREL (Petrus). Champavert, contes immoraux par Petrus Borel le lycanthrope. Eaux-fortes par Adrien Aubry. *Bruxelles, J. Blanche,* 1872, in-8, dos et coins cuir de Russie, tête dor., non rogné (*Couvert.*).

Un des 2 exemplaires imprimés sur PAPIER JAUNE PAILLE.

103. BOUFFLERS (Le Chevalier Stanislas de). Aline, reine de Golconde. Conte. *A Paris, gravé et imprimé pour la Société des Amis des Livres,* 1887, in-8, broché (*Couvert.*).

Tirage à 115 exemplaires sur papier de Hollande.
Compositions dessinées par *Albert Lynch*, gravées à l'eau-forte par *Gaujean*. Texte gravé par *Leclère*.
Le titre, le premier cul-de-lampe et la première vignette sont gravés en couleurs.

104. BRANTOME. Les sept discours touchant les dames galantes du sieur de Brantome, publiés sur les manuscrits de la Bibliothèque nationale, par Henri Bouchot. Dessins d'Édouard de Beaumont, gravés par Boilvin. *Paris, Librairie des bibliophiles,* 1882, 3 vol. in-8, brochés (*Couvert.*).

Un des 20 exemplaires imprimés sur PAPIER WHATMAN, contenant les eaux-fortes en deux états : AVANT et avec la lettre.

105. BRILLAT-SAVARIN. Physiologie du goût, avec une préface par Ch. Monselet. Eaux-fortes par Ad. Lalauze. *Paris, Librairie des bibliophiles,* 1879, 2 vol. in-8, brochés (*Couvert.*).

Un des 20 exemplaires (no 30) imprimés sur PAPIER WHATMAN.
On y a joint le TIRAGE A PART sur papier whatman de toutes les eaux-fortes.

106. BURTY (Philippe). Pas de lendemain. *A Paris, chez l'auteur,* 1869, pet. in-8, carré, mar. vert jans., dent. int., tr. dor., couvert. (*Ruban*).

Tirage à très petit nombre, pour les amis de l'auteur.
Exemplaire avec envoi autographe à Jules Jacquemart ; orné de DEUX DESSINS ORIGINAUX hors texte et, dans les marges, de 15 AQUARELLES et DESSINS ORIGINAUX de PAUL AVRIL.

107. BURTY (Philippe). Eaux-fortes de Jules de Goncourt. Notice et catalogue. *Paris, Librairie de l'Art,* 1876, in-fol., mar. bleu

jans., doublé de mar. citron avec large dent. à petits fers, gardes de soie brochée, tr. dor., étui (*Marius Michel*).

Un des 108 exemplaires (n° 66) imprimés sur PAPIER de HOLLANDE, avec les eaux-fortes tirées sur Japon mince.

108. CARICATURE (LA), journal fondé et dirigé par Ch. Philipon. *Paris, chez Aubert*, 1830-1835. 5 vol. in-4, cartonn. dos et coins mar. bleu.

520 planches (sur 524) noires et coloriées ; il manque à l'exemplaire les titres et les tables, les planches, nos 43. *M. pour avoir sauvé la patrie*, 83. *L'artillerie de siège*, 132bis *Croquades*, 333. *Mr. de Rign...*, le supplément pour le procès de la caricature (n° 35). La planche 70 *Dupinade* est endommagée.

31 planches sont tirées sur papier de Chine.

On a joint au premier volume une planche « Dedale et Icare » non citée par M. Vicaire.

109. CAZOTTE (J.). Le Diable amoureux, roman fantastique précédé de sa vie, de son procès, et de ses prophéties et révélations par Gérard de Nerval. Illustré de 200 dessins par Édouard de Beaumont. *Paris, Léon Ganivet*, 1845, in-8, demi-rel. veau brun, non rogné (*Rel. de l'époque*).

PREMIER TIRAGE.

110. CHAMPFLEURY. Le Violon de faïence. *Paris, J. Hetzel, s. d.* (1862), in-12, dos et coins mar. bleu, fil., dos orné, tête dor., non rogné, couverture (*Noulhac*).

ÉDITION ORIGINALE.

Date et nom écrits à l'encre sur le titre.

111. CHAMPFLEURY. Le Violon de faïence ; illustré de 34 eaux-fortes de Jules Adeline. Avant-propos de l'auteur. *Paris. L. Conquet*, 1885, pet. in-8, broché (*Couvert. illust.*).

Un des 25 exemplaires imprimés sur PAPIER DU JAPON, contenant les figures en trois états dont l'EAU-FORTE PURE.

On y a joint, comme frontispice, UNE AQUARELLE ORIGINALE de H. SOMM.

112. CHANTS ET CHANSONS POPULAIRES DE LA FRANCE. *Paris. H.-L. Delloye*, 1843, 3 vol. gr. in-8, cartonnés. non rognés (*Couvert.*).

PREMIER TIRAGE.

Exemplaire non rogné ; les couvertures et les dos ont été soigneusement collés sur le cartonnage.

On y a joint : *La Marseillaise*, dans la couverture de livraison ; cette chanson n'a paru que dans la deuxième édition.

113. CHANTS ET CHANSONS POPULAIRES de la France. *Paris, H. Delloye*, 1843, in-8.

Réunion de 40 planches tirées, à 2 sur la même feuille, avant le coupage des cuivres ; 14 sont avant la gravure du texte.

114. CHEVIGNÉ (Cte de). Les Contes rémois illustrés par M. Perlet. *Paris, Hetzel*, 1843, in-8, mar. vert jans., tête dor.. ébarbé.

Première édition illustrée.

115. CHEVIGNÉ (Cte de) Les Contes rémois, par M. le Cte de C*** Dessins de E. Meissonier. Troisième édition. *Paris, Michel Lévy frères*, 1858, in-8, 2 port. et vignettes, broché (*Couvert.*).

PREMIER TIRAGE des dessins de *Meissonier* ; 2 portraits ajoutés. Exemplaire imprimé sur grand papier vélin.

116. CHEVIGNÉ (Cte de). Les Contes rémois, par le Cte de C**. Dessins de E. Meissonier. *Paris, Michel Lévy frères*, 1858, in-12, broché (*Couvert.*).

PREMIER TIRAGE des dessins de *Meissonier*.

117. CHEVIGNÉ (Cte de). Suite de 41 vignettes de Meissonier et Foulquier gravées sur bois pour *les Contes rémois*, édition de 1858.

Épreuves hors texte, tirées sur Chine.

118. CLARETIE (Jules). Le Drapeau. Édition illustrée de gravures hors texte, par A. de Neuville, de gravures sur bois, d'après les dessins de Edmond Morin et du portrait de l'auteur gravé à l'eau-forte, par A. Gilbert. *Paris, G. Decaux, M. Dreyfous*, 1879, pet. in-4, broché (*Couvert.*).

Exemplaire contenant 2 planches en 2 états, dont un avant le nom de l'imprimeur.

119. CLARETIE (Jules). Le Drapeau. *Paris, Calmann-Lévy*, 1886, pet. in-8 broché (*Couvert.*).

Un des 25 exemplaires imprimés sur PAPIER DU JAPON ; il est orné dans les marges et sur le faux-titre de 30 JOLIES PETITES AQUARELLES ORIGINALES de H. DE STA et d'une grande aquarelle comme frontispice.
La couverture est défraichie.

120. CLARETIE (Jules). La Canne de M. Michelet ; promenades et souvenirs. Préface par Alfred Mézières, douze compositions de P. Jazet, gravées à l'eau-forte par H. Toussaint. *Paris, L. Conquet*, 1886, in-8, broché (*Couvert.*).

Exemplaire (no 23) imprimé sur papier vélin à la cuve, contenant les eaux-fortes en trois états dont l'EAU-FORTE PURE.

On y a ajouté, comme frontispice, UNE AQUARELLE ORIGINALE de STA.

121. CLARETIE (Jules). Bouddha. 1 frontispice et 10 vignettes dessinés par Robaudi, gravés par A. Nargeot. *Paris, L. Conquet*, 1888, in-18, broché (*Couvert.*).

Exemplaire (n° 21) imprimé sur papier vergé du Marais contenant des illustrations en trois états dont l'EAU-FORTE PURE.

122. CLARETIE (Jules). La Corde. Illustrations de Ch. Jouas, gravées par Boisson. *Paris, imprimé pour les Amis des livres*, 1901, pet. in-8, broché (*Couvert.*).

Édition imprimée à 125 exemplaires sur papier vélin, contenant le eaux-fortes tirées sur Chine collé.

123. COLLECTION CALMANN-LÉVY. *Paris, Calmann-Lévy*, 1885-1888, 8 vol. pet. in-8, brochés (*Couvert.*).

Tirage à 225 exemplaires sur papier vélin du Marais, pour la Librairie L. Conquet.

Un des 30 exemplaires contenant les eaux-fortes en 3 états : EAU-FORTE PURE, avant et avec la lettre.

ABOUT. Le Nez d'un notaire, 1886. — BALZAC (H. de). Le Colonel Chabert, 1886. — CLARETIE (J.). Le Drapeau, 1886. — DUMAS (A.). Herminie, 1888. — FEUILLET (Octave). Julia de Trécœur, 1885. — SAND (George). La Marquise, 1888. — SANDEAU (Jules) Un début dans la magistrature, 1887. — VOGÜÉ (E. M. de). Histoires d'hiver, 1885.

Le Colonel Chabert est orné, comme frontispice, d'une AQUARELLE ORIGINALE de H. DE STA.

124. COLLECTION DIAMANT. *Paris, Eugène Didier*, 1852-1856, 20 vol. in-18, brochés (*Couvert.*).

BALZAC (H. de). Les Fantaisies de Claudine, 1853. — Théorie de la démarche, 1853. — CHASLES (Philarète). La Fille du marchand, 1855. — CLÉMENT DE RIS (Cte L.). Le Bouquet de violettes, 1856. — DESPLACES (Auguste). Impressions et symboles rustiques, 1854. — GAUTIER (Théophile). Emaux et camées, 1852. — Celle-ci et celle-là, 1853. — GOZLAN (Léon). Les Maîtresses à Paris, 1852. — Comment on se débarrasse d'une maîtresse, 1853. — HOUSSAYE (Arsène). La Vertu de Rosine, 1852. — KARR (Alphonse). Proverbes, 1853. — Midi à quatorze heures, 1853. — LECOMTE (Jules). Un voyage de désagréments à Londres, 1853. — Histoire d'un modèle, 1855. — MARTIN (N.). L'Ecrin d'Ariel, 1853. — MÉRY. La Chasse au chastre, 1853. — MUSSET (Alfred de). Mademoiselle Mimi Pinson, 1853. — NERVAL (Gérard de). Petits châteaux de Bohème, 1852. — PRÉMARAY (Jules de). Le Chemin des écoliers, 1853. — STENDHAL. L'Abbesse de Castro, 1853.

ÉDITIONS ORIGINALES sauf pour les volumes : « *Midi à quatorze heures* » et « *L'Abbesse de Castro* ».

125. CONSTANT (Benjamin). Adolphe. Portrait gravé par Cour-

boin, d'après Desmarais. Préface par Paul Bourget. *Paris, L. Conquet*, 1889, in-16, broché (*Couvert.*).

Un des 200 exemplaires imprimés sur papier vélin, non mis dans le commerce.

126. COPPÉE (François). Œuvres de François Coppée. Poésies, 1864-1872. Eaux-fortes par E. Boilvin. *Paris, Alph. Lemerre*, 1883, in-4, broché (*Couvert.*).

Un des 50 exemplaires (nº 5) imprimés sur PAPIER DE CHINE, contenant les eaux-fortes en deux états : AVANT la lettre, sur Chine et sur Japon.

127. COPPÉE (François). Œuvres de François Coppée. Poésies, 1864-1878. Eaux-fortes par E. Boilvin et Rajon. *Paris, Alph. Lemerre*, 1883-1885, 2 vol. in-4, brochés (*Couvert.*).

Un des 50 exemplaires (nº 34) imprimés SUR PAPIER WHATMANN, contenant les eaux-fortes en deux états: AVANT la lettre sur Japon et sur whatman.

128. DAUDET (Alphonse). Le Roman d'un Chaperon-rouge. *Paris, Michel Léry*, 1862, in-12, broché (*Couvert.*).

ÉDITION ORIGINALE.

129. DAUDET (Alphonse). Aventures prodigieuses de Tartarin de Tarascon. *Paris, E. Dentu*, 1872, in-12, mar. La Vall., jans., dent. int., tête dor., non rogné, couvert. (*Noulhac*).

ÉDITION ORIGINALE.
Exemplaire orné sur le faux titre et dans les marges de 34 JOLIES AQUARELLES ORIGINALES de P. AVRIL.

130. DAUDET (Alphonse). Contes du lundi. *Paris, Alph. Lemerre*, 1873, in-12, broché (*Couvert.*).

ÉDITION ORIGINALE.

131. DAUDET (Alphonse). Les Rois en exil, roman parisien. *Paris, Dentu*, 1879, in-12, broché (*Couvert.*).

ÉDITION ORIGINALE.
PAPIER DE HOLLANDE.

132. DAUDET (Alphonse). Numa Roumestan, mœurs parisiennes. *Paris, Charpentier*, 1881, in-12, broché (*Couvert.*).

ÉDITION ORIGINALE.
PAPIER DE HOLLANDE.

133. DAUDET (Alphonse). L'Evangéliste, roman parisien. *Paris, Dentu*, 1883, in-12 broché (*Couvert.*).

ÉDITION ORIGINALE.

134. DAUDET (Alphonse). Sapho, mœurs parisiennes. *Paris, G. Charpentier et Cie*, 1884, in-12, cartonn. demi-toile verte, non rogné.

Édition originale.

135. DAUDET (Alphonse). Fromont jeune et Risler aîné, mœurs parisiennes. Notice littéraire par Gustave Geffroy. Douze compositions de Em. Bayard, gravées à l'eau-forte par J. Massard. *Paris, L. Conquet*, 1885, 2 vol. in-8, brochés (*Couvert.*).

Un des 25 exemplaires (no 17) imprimés sur papier du Japon, contenant les eaux-fortes en trois états dont l'eau-forte pure.

136. DAUDET (Alphonse). La Défense de Tarascon. Seize aquarelles d'après Draner. *Paris, L. Conquet*, 1886, in-18, broché (*Couv. illust.*).

Édition non mise dans le commerce.

Exemplaire imprimé sur papier du Japon, offert par l'éditeur ; il contient un tirage à part en noir de toutes les illustrations.

On y a ajouté, comme frontispice, une aquarelle originale de H. de Sta.

137. DAUDET (Alphonse). Dix cuivres inédits pour illustrer *Tartarin de Tarascon*.

Gravés à l'eau-forte par A. Bayli.

On y ajouté 22 épreuves des eaux-fortes en divers états, sur Japon et sur Hollande et le reçu de Bayli pour la gravure des cuivres.

138. DAUMIER. Les cent et un Robert-Macaire, composés et dessinés par M. H. Daumier sur les idées et les légendes de M. Ch. Philipon, réduits et lithographiés par M. M***, texte par MM. Maurice Alhoy et Louis Huart. *Paris, chez Aubert et Cie*, 1839, 2 vol. in-4, brochés (*Couvert. illust.*).

Premier tirage.

L'exemplaire ne contient pas le catalogue des publications d'Aubert.

139. DELAPALME. Le Livre de mes petits-enfants. Dessins par H. Giacomelli. *Paris, Hachette et Cie*, 1866, gr. in-8 cartonn., dos et coins mar. vert, non rogné, couvert. (*Carayon*).

Premier tirage.

140. DELVAU (Alfred). Histoire anecdotique des Cafés et Cabarets de Paris. Avec dessins et eaux-fortes de Gustave Courbet, Léopold Flameng et Félicien Rops. *Paris, Dentu*, 1862, in-12, broché (*Couvert.*).

Édition originale.

141. DELVAU (Alfred). Les Cythères parisiennes, histoire anec-

dotique des bals de Paris, avec 24 eaux-fortes et un frontispice de Félicien Rops et Emile Thérond. *Paris, Dentu,* 1864, in-12, broché (*Couvert.*).

Edition originale.

142. DELVAU (Alfred). Histoire anecdotique des barrières de Paris. Avec 10 eaux-fortes par Emile Thérond. *Paris, E. Dentu,* 1865, in-12, demi-rel. mar. rouge, dos orné, tête dor., non rogné (*Couvert.*).

Edition originale.

143. DELVAU (Alfred). Les Heures parisiennes. 25 eaux-fortes d'Emile Benassit. *Paris, Librairie centrale,* 1866, in-12, demi-rel., mar. rouge, fil., dos orné, tête dor., non rogné (*Couvert.*).

Edition originale.

144. DIDEROT. Jacques le fataliste et son maître. Douze dessins de Maurice Leloir, gravés à l'eau-forte par Courtry, de Los Rios, Mongin, Teyssonnières. *Paris, imprimé pour les Amis des livres,* 1884, gr. in-8, broché (*Couvert.*).

Tirage à 138 exemplaires sur papier du Japon, avec les illustrations en deux états pour les figures et en trois pour les vignettes dont l'eau-forte pure.

145. DROZ (Gustave). Monsieur, Madame et Bébé. Edition illustrée par Edmond Morin et ornée d'un portrait de l'auteur en frontispice gravé par Léopold Flameng. *Paris, Victor Havard,* 1878, gr. in-8, broché (*Couvert.*).

Premier tirage.
Un des 50 exemplaires (n° 5) imprimés sur papier whatman. On y a joint : une affiche illustrée de l'ouvrage, une feuille d'épreuves avec corrections et les notes de G. Droz pour le placement des illustrations.

146. DU CAMP (Maxime). Une Histoire d'amour. Un portrait gravé par A. Lamotte, huit compositions de P. Blanchard, gravées par Buland. *Paris, L. Conquet,* 1888, in-18, broché.

Exemplaire (n° 21) imprimé sur papier du Japon, contenant les illustrations en trois états dont l'eau-forte pure.

147. DUMAS (Alexandre). Canaris, dithyrambe au profit des grecs. *Paris, Sanson,* 1826, plaquette in-12, portrait, brochée (*Couvert.*).

Edition originale.
Plaquette rare composée d'un portrait lithographié et de 10 pages y compris un titre lithographié.

148. DUMAS (Alexandre). Gaule et France. *Paris, U. Canel*, 1833, in-8, cartonn. demi-toile verte, non rogné.

Édition originale.

149. DUMAS (Alexandre). Les Stuarts. *Paris, Dumont*, 1840, 2 vol. in-8, brochés (*Couvert.*).

Édition originale.

150. DUMAS (Alexandre). Une Année à Florence. *Paris, Dumont*, 1841, 2 vol. in-8, demi-rel. veau fauve, tr. jasp.

Édition originale.

151. DUMAS (Alexandre). Nouvelles impressions de voyage (Midi de la France). *Paris, Dumont*, 1841, 3 vol. in-8. brochés (*Couvert.*).

Édition originale.
Les couvertures ont pour titre : *Œuvres d'Alexandre Dumas*. Paris, Petion, *s. d.*

152. DUMAS (Alexandre). Aventures de Lyderic. *Paris, Dumont*, *s. d.*, in-8, broché (*Couvert.*).

Édition originale.
La couverture est datée de 1842.

153. DUMAS (Alexandre). Jehanne la Pucelle, 1429-1431. *Paris, Magen et Comon*, 1842, in-8, broché (*Couvert.*).

Édition originale.

154. DUMAS (Alexandre). Gabriel Lambert. *Paris, Hippolyte Souverain*, 1844, 2 vol. in-8, cartonn. toile rouge, non rognés, couvert. illust. (*Pouillet*).

Édition originale.

155. DUMAS (Alexandre). Les trois Mousquetaires. *Paris, Baudry*, 1844, 8 vol. in-8, demi-rel. veau vert, tr. jasp.

Édition originale.
Cachet de la bibliothèque de San-Donato sur les faux-titres.

156. DUMAS (Alexandre). Les Frères corses. *Paris, Hippolyte Souverain*, 1845, 2 vol. in-8, cartonn. demi-bas. grenat, non rognés (*Couvert.*).

Édition originale.

157. DUMAS (Alexandre). Les Médicis. *Paris, Recoules*, 1842, 2 vol. in-8, brochés (*Couvert.*).

Édition originale.

158. DUMAS (Alexandre). Manon de Lartigues. *Paris, L. de Potter*, 1845, 2 vol. in-8, cartonn. demi-bas. grenat, non rognés (*Couvert.*).

Edition originale.

159. DUMAS (Alexandre). Louis XIV et son siècle. *Paris, Passard*, 1845, 9 vol. in-8, brochés (*Couvert.*).

Première édition non illustrée, imprimée pour les cabinets de lecture.

160. DUMAS (Alexandre). Vingt ans après, suite des Trois mousquetaires. *Paris, Baudry*, 1845, 10 vol. in-8, demi-rel., veau vert, tr. jasp.

Edition originale.
Cachet de la bibliothèque de San-Donato sur les faux-titres. Mouillures.

161. DUMAS (Alexandre). L'Abbaye de Peyssac. *Paris, L. de Potter*, 1846, 2 vol. in-8, brochés (*Couvert.*).

Edition originale ; les couvertures sont en mauvais état.

162. DUMAS (Alexandre). Michel-Ange et Raphaël. *Paris, Recoules*, 1846, 2 vol. in-8, brochés (*Couvert.*).

Edition originale de 1845 avec de nouveaux titres à la date de 1846.

163. DUMAS (Alexandre). Mémoires d'un médecin. *Paris, Fellens et Dufour*, 1846-1848, 19 vol. in-8, cartonn. demi-bas. grenat. non rognés (*Couvert. abîmées*).

Edition originale de *Joseph Balsamo*.

164. DUMAS (Alexandre). La Tulipe noire. *Paris, Baudry, s. d.*, (1850). 3 vol. in-8, brochés (*Couvert.*).

Edition originale ; au bas du dos des couvertures se trouve la date de 1851.

165. DUMAS (Alexandre). Les Mariages du père Olifus. *Paris, Alexandre Cadot*, 1850-1852, 5 vol. in-8, brochés (*Couvert.*).

Edition originale de 1849 avec de nouveaux titres.

166. DUMAS (Alexandre). Le Véloce ou Tanger, Alger et Tunis. *Paris, Alexandre Cadot*, 1850-1851, 4 vol. in-8, figures, brochés (*Couvert. illust.*).

167. DUMAS (Alexandre). Isaac Laquedem. *Paris, à la Librairie théâtrale*, 1853, 5 vol. in-8, brochés (*Couvert.*).

Edition originale.
Première partie de ce roman, seule publiée.

168. DUMAS (Alexandre). Le Pasteur d'Ashbourn. *Paris, Alexandre Cadot,* 1853, 8 vol. in-8, brochés (*Couvert.*).

Édition originale.

169. DUMAS (Alexandre). Un Gil Blas en Californie. *Paris, Alexandre Cadot,* 1854, 2 vol. in-8, brochés (*Couvert.*).

Édition originale de 1852 avec de nouveaux titres.

170. DUMAS (Alexandre). Histoire de dix-huit ans depuis l'avènement de Louis-Philippe jusqu'à la Révolution de 1848. Illustrée de magnifiques gravures sur acier. *Paris, P.-H. Krabbe,* 1854, 2 vol. gr. in-8, demi-rel. chag. rouge, tête dor., ébarbés (*Durrand*).

171. DUMAS (Alexandre). Vie et aventures de la Princesse de Monaco. *Paris, Alexandre Cadot,* 1854-1856, 6 vol. in-8, brochés (*Couvert.*).

Édition originale avec titres à la date de 1856 pour les tomes 2 à 6.

172. DUMAS (Alexandre). Le Page du duc de Savoie. *Paris, Alexandre Cadot,* 1855-1858, 8 vol. in-8, brochés (*Couvert.*).

Édition originale de 1855, avec de nouveaux titres.

173. DUMAS (Alexandre). Souvenirs de 1830 à 1842. *Paris. Alexandre Cadot.* 1857-1858, 8 vol. in-8, brochés (*Couvert.*).

Éditions originales de 1854-1855 avec de nouveaux titres.

174. DUMAS (Alexandre). Les grands hommes en robe de chambre. César. *Paris, Alexandre Cadot.* 1857-1859. 7 vol. in-8, brochés (*Couvert.*).

Édition originale de 1856 avec de nouveaux titres.

175. DUMAS (Alexandre). Le Chasseur de Sauvagine. *Paris, Alexandre Cadot.* 1859. 2 vol. in-8, brochés (*Couvert.*).

Édition portant la date de 1859 conforme à l'édition originale.

176. DUMAS (Alexandre). Mémoires d'un Policeman. Traduction de Victor Perceval. *Paris, Alexandre Cadot,* 1860, 2 vol. in-8, brochés (*Couvert.*).

Cette édition est absolument conforme à l'édition originale de 1859 citée par M. Vicaire.

177. DUMAS (Alexandre). Herminie, l'Amazone. *Paris, Calmann-Lévy,* 1888, in-16, broché (*Couvert.*).

Un des 25 exemplaires imprimés sur papier du Japon ; il est orné sur le faux-titre et dans les marges de 30 AQUARELLES ORIGINALES de H.-P. DILLON.

178. DUMAS FILS (Alexandre). Péchés de jeunesse. *Paris, Fellens et Dufour,* 1847, in-8, broché (*Couvert.*).

Edition originale ; exemplaire non coupé.

179. DUMAS FILS (Alexandre). Une Visite de noces, comédie en un acte. *Paris, Michel Lévy,* 1872, in-12, dos et coins mar. rouge, tête dor., non rogné.

Edition originale.
Exemplaire imprimé sur papier de Hollande, contenant sur le faux-titre la signature d'Alexandre Dumas fils. Il est orné sur les marges de 7 AQUARELLES ORIGINALES de PAUL AVRIL.

180. DUPLESSIS (Georges). Histoire de la gravure en Italie, en Espagne, en Allemagne, dans les Pays-Bas, en Angleterre et en France, suivie d'indications pour former une collection d'estampes, contenant 73 reproductions de gravures anciennes. *Paris, Hachette et Cie,* 1880, gr. in-8, en feuilles, dans le cartonnage des éditeurs.

Un des 20 exemplaires imprimés sur papier de Chine.

181. ENAULT (Louis). Londres. Illustré de 174 gravures sur bois par Gustave Doré. *Paris, Hachette et Cie,* 1876, in-4, broché (*Couvert.*).

Premier tirage.
Un des quelques exemplaires imprimés sur papier de Chine.

182. ERASME. Eloge de la folie, augmenté de la préface d'Erasme adressée à Thomas Morus son ami. Notice de Gabriel Hanotaux. Quarante-six compositions gravées sur bois de Auguste Lepère. *Paris, pour les Amis des livres,* 1906, in-8, en feuilles, dans un carton.

Belle et intéressante publication tirée à 135 exemplaires (n° 37) ; elle est ornée de bois de *Lepère,* tirés en plusieurs teintes.

183. FABRE (Ferdinand). L'Abbé Tigrane, candidat à la papauté ; un portrait d'après J.-P. Laurens et vingt eaux-fortes originales de E. Rudaux. *Paris, L. Conquet,* 1890, in-8, broché (*Couvert.*).

Exemplaire (n° 10) imprimé sur grand papier vélin du Marais ; contenant les eaux-fortes en trois états dont l'eau-forte pure.

184. FARANDOLE (La). Gazette des méridionaux à Paris. *Paris,*

1879-1880, gr. in-8, dos et coins mar. grenat, tête dor., non rogné (*Smeers-Engel*).

Tout ce qui a paru de ce journal illustré d'eaux-fortes hors texte. Exemplaire imprimé sur PAPIER DE HOLLANDE.

185. FEMINIES, huit chapitres inédits dévoués à la femme à l'amour, à la beauté par Gyp, Abel Hermant, Henri Lavedan, Marcel Schwob et Octave Uzanne. Frontispices en couleurs d'après Félicien Rops, encadrements et vignettes de Rudnicki. *Paris, imprimé pour les Bibliophiles contemporains*, 1896, in-8, broché (*Couvert. illust.*).

Tiré à 183 exemplaires.

186. FEYDEAU (Ernest). Fanny, étude. *Paris, Amyot*, 1858, in-8, mar. bleu, jans., dent. int., tête dor., non rogné, couverture (*Noulhac*).

Édition tirée à 100 exemplaires sur papier de Hollande; celui-ci est orné sur le faux titre et dans les marges de 36 JOLIES AQUARELLES ORIGINALES de P. AVRIL.

187. FIÉVÉE (Joseph). La Dot de Suzette. Avec notice biographique inédite. Illustrations par V. Foulquier. *Paris, imprimé pour les Amis des livres*, 1892, in-8, broché (*Couvert. illust.*).

Édition tirée à 115 exemplaires sur papier vélin contenant les figures en trois états dont l'EAU-FORTE PURE.

188. FLAUBERT (Gustave). Madame Bovary. Mœurs de province. *Paris, Michel Lévy*, 1857, 2 vol. in-12, cartonn. dos et coins toile grise, non rognés (*Couvert.*).

ÉDITION ORIGINALE.

189. FLAUBERT (Gustave). Salammbo. *Paris, Michel Lévy*, 1863, in-8, demi-rel. mar. grenat, tête dor., non rogné.

ÉDITION ORIGINALE.
Un des 25 exemplaires imprimés sur PAPIER DE HOLLANDE ; très rare.
Sur le faux-titre :
A mon très cher Paul de St-Victor.

G^ve FLAUBERT.

190. FLAUBERT (Gustave). Trois Contes. Un Cœur simple. — La Légende de saint Julien l'hospitalier. — Hérodias. *Paris, Charpentier*, 1877, in-12, broché (*Couvert.*).

ÉDITION ORIGINALE.
Exemplaire très frais imprimé sur PAPIER DE HOLLANDE.

191. FLAUBERT. Lettres de Flaubert à George Sand, précédées

d'une étude par Guy de Maupassant. *Paris, Charpentier*, 1884. in-12, broché (*Couvert.*).

ÉDITION ORIGINALE.
Un des 50 exemplaires (n° 33) imprimés sur PAPIER DE HOLLANDE.

192. FOÉ (Daniel de). Aventures de Robinson Crusoé. Traduction nouvelle. Édition illustrée par Grandville. *Paris, H. Fournier*, 1840, in-8, broché (*Couvert.*).

Bel exemplaire.
PREMIER TIRAGE.

193. FRANÇAIS PEINTS PAR EUX-MÊMES (Les). Le Prisme. *Paris, L. Curmer*, 1840-1842, 9 vol. gr. in-8, cartonn. dos et coins mar. vert jans., non rognés.

Exemplaire bien complet contenant les planches en deux états : noires et coloriées. Ces dernières sont un peu plus courtes.

On y a joint : le prospectus de la publication, les nouveaux titres pour les 3 premiers volumes avec l'addition : *Encyclopédie morale du dix-neuvième siècle*; chacun des autres volumes, sauf le *Prisme*, a également deux titres dont l'un est sur papier plus fort.

194. FRANCE (Anatole). Le Procurateur de Judée. *Paris, Société des Amis des livres*, 1902, in-16, broché (*Couvert.*).

Édition entièrement gravée tirée à 130 exemplaires sur papier vélin.

195. FRÉMEAUX (Léon). Recueil de chansonnettes illustrées par Léon Frémeaux, 1843, in-8, demi-rel., veau violet, dos orné, tr. jasp. (*Rel. de l'époque*).

Manuscrit d'une écriture très fine, bien calligraphié ; il est orné d'un joli titre à l'aquarelle et de 85 aquarelles ou dessins originaux.

196. FROMENTIN (Eugène). Sahara et Sahel. Édition illustrée de douze eaux-fortes pour Le Rat, Courtry et Rajon ; d'une héliogravure par le procédé Goupil et de quarante-cinq gravures en relief d'après les tableaux, les dessins et les croquis d'Eugène Fromentin. *Paris, E. Plon et Cie*, 1879, gr. in-8, broché (*Couvert.*).

Exemplaire d'artiste imprimé sur papier vélin ; contenant les eaux-fortes en quatre états.

197. GAILLARDET (F.) et A. DUMAS. La Tour de Nesle, drame en cinq actes et neuf tableaux. *Paris, imprimé pour les Amis des livres*, 1901, gr. in-8, figures, broché (*Couvert. illust.*).

Tiré à 115 exemplaires avec illustrations de *Robida*, gravées en couleurs par *A. Bertrand*.

198. GALLAND. Les mille et une Nuits, contes arabes, réimprimés sur l'édition originale avec une préface de Jules Janin.

Vingt et une eaux-fortes par Ad. Lalauze. *Paris, Librairie des bibliophiles*, 1881, 10 vol. in-8, brochés (*Couvert.*).

Un des 20 exemplaires imprimés sur PAPIER WHATMAN contenant les eaux-fortes en deux états : AVANT et avec la lettre.

199. GAUTIER (Théophile). Fortunio. *Paris, Desessart*, 1838, in-8, dos et coins mar. grenat, fil., dos orné, tête dor., non rogné (*David*).

Première édition sous ce titre.
Un morceau du titre, dans la partie non imprimée, a été déchiré et raccommodé.

200. GAUTIER (Théophile). L'Eldorado ou Fortunio, publié sur l'édition originale. *Paris, Imprimé pour les Amis des livres par Motteroz*, 1880, in-8, eaux-fortes de Milius, vignettes d'Avril, broché (*Couvert.*).

Edition tirée à 115 exemplaires avec les eaux-fortes de *Milius* sur Japon et sur whatman, les vignettes de *Paul Avril* et les lettres ornées, en doubles épreuves sur Chine.
On y a joint les 27 DESSINS ORIGINAUX à la plume des lettres ornées par *Paul Avril*.

201. GAUTIER (Théophile). Militona. Un portrait et dix compositions de Adrien Moreau, gravés par A. Lamotte. *Paris, L. Conquet*, 1887, in-8, broché (*Couvert.*).

Exemplaire (n° 27) imprimé sur GRAND PAPIER DU JAPON ; il contient les figures en trois états dont l'EAU-FORTE PURE.

202. GAUTIER (Théophile). Mademoiselle de Maupin. Double amour. Réimpression textuelle de l'édition originale. Notice bibliographique par M. Charles de Lovenjoul, 18 compositions de E. Toudouze, gravées par Champollion. *Paris, L. Conquet*, 1883, 2 vol. in-8, brochés (*Couvert.*).

Un des 350 exemplaires (n° 254) imprimés sur papier vélin à la cuve.
On y a joint les 4 pièces refusées et la figure du chapitre II en 5 états, de l'eau-forte pure à l'état terminé avant toutes lettres.

203. GAUTIER (Théophile). Émaux et camées. Seconde édition augmentée. *Paris, Poulet-Malassis et de Broise*, 1858, in-12, demi-rel. chagrin bleu, non rogné.

Frontispice gravé à l'eau-forte par *E. Thérond*.
Un des quelques exemplaires imprimés sur PAPIER VERGÉ.

204. GAUTIER (Théophile). Émaux et Camées. Cent douze dessins de Gustave Fraipont. Préface par Maxime du Camp. *Paris, L. Conquet*, 1887, in-16, broché (*Couvert. illust.*).

Exemplaire imprimé sur PAPIER DU JAPON, contenant le TIRAGE A PART sur Japon de toutes les illustrations et le *Musée secret*, donné en prime aux souscripteurs.

Aquarelle originale de G. Fraipont sur le faux titre.

205. GAVARNI. La Correctionnelle. Petites causes célèbres. Etudes de mœurs populaires au xixe siècle accompagnées de cent dessins par Gavarni. *Paris, chez Martinon*, 1840, in-4, cartonn., dos et coins mar. La Vall. jans., ébarbé (*Couvert.*).

206. GAVARNI. Œuvres choisies revues, corrigées et nouvellement classées par l'auteur. Etudes de mœurs contemporaines. Les Enfants terribles, les Lorettes, les Actrices, le Carnaval à Paris, la Vie de jeune homme, etc., etc. *J. Hetzel*, 1846-1848, 4 vol. gr. in-8, brochés (*Couvert.*).

Premier tirage.
Prospectus de la publication ajouté.

207. GOLDSMITH. Le Vicaire de Wakefield (The Vicar of Wakefield). Traduit en français, avec le texte anglais en regard, par Charles Nodier, précédé d'une notice par le même sur la vie et les ouvrages de Goldsmith, et suivi de quelques notes. *Paris, Bourgueleret*, 1838, in-8, dos et coins mar. La Vall., tête dor., non rogné.

Premier tirage.
Exemplaire sans les papiers de soie portant les légendes.

208. GONCOURT (Edmond et Jules). L'Art du dix-huitième siècle. *Paris, Dentu*, 1859-1875, 12 fascicules in-4, brochés (*Couvert.*).

Edition originale, rare.

209. GONCOURT (Edm. de). La Faustin. *Paris, Charpentier*, 1882, in-12, broché (*Couvert.*).

Edition originale.
Papier de Hollande.

210. GRANDVILLE. Un autre monde. Transformations, visions, incarnations, ascensions, locomotions, explorations, pérégrinations, excursions, stations, cosmogonies, fantasmagories, rêveries... *Paris, H. Fournier*, 1844, in-4, dos et coins mar. grenat, tête dor., non rog., couvert. (*Voulhac*).

Premier tirage.

211. GRANDVILLE. Cent proverbes par Grandville et par... *Paris, H. Fournier*, 1845, gr. in-8, broché (*Couvert. illust.*).

Premier tirage.

212. GUIZOT. L'Histoire de France depuis les temps les plus reculés jusqu'en 1789, racontée à mes petits enfants. *Paris, Hachette et Cie*, 1872-1876, 5 vol. — L'Histoire de France depuis 1789 jusqu'en 1848... *Paris, Hachette et Cie*, 1878-1879, 2 vol. — Ens. 7 vol. gr. in-8, cartonn. vélin blanc, non rognés.

Bel exemplaire de PREMIER TIRAGE, imprimé sur PAPIER DE CHINE. Couvertures et dos conservés.

213. GUIZOT. L'Histoire de France depuis 1789 jusqu'en 1848, racontée à mes petits enfants. *Paris, Hachette et Cie*, 1878-1879, 2 vol. gr. in-8, brochés (*Couvert.*).

PREMIER TIRAGE.

Illustrations gravées sur bois d'après les dessins de *Em. Bayart, C. Delort, P. Lix, D. Maillard, Taylor*, etc.

214. HALÉVY (Ludovic). Madame et Monsieur Cardinal. Douze vignettes par Edmond Morin. *Paris, Calmann-Lévy, s. d.*, in-12, dos et coins mar. bleu, fil., dos orné, tête dor., non rogné (*Couvert.*).

Un des 50 exemplaires (n° 31) imprimé sur PAPIER DE HOLLANDE; contenant un TIRAGE A PART sur Chine de toutes les illustrations du texte.

215. HALÉVY (Ludovic). Les petites Cardinal. Douze vignettes par Henry Maigrot. *Paris, Calmann-Lévy*, 1880, in-12, dos et coins mar. bleu, tête dor., non rogné (*Couvert.*).

ÉDITION ORIGINALE.

Le premier plat de la couverture est plus court.

216. HALÉVY (Ludovic). La famille Cardinal. *Paris, Calmann-Lévy*, 1883, in-12, dos et coins mar. bleu, fil., dos orné, tête dor., non rogné (*Couvert.*).

Un des 200 exemplaires imprimés sur papier vergé du Marais, ornés d'un frontispice et de vignettes de *Mas*, gravés par *Massard*.

217. HALÉVY (Ludovic). Deux mariages. Un grand mariage. Un mariage d'amour. *Paris, Calmann-Lévy*, 1883, in-12, mar. bleu, jans., dent. int., tr. dor., couvert. (*Ruban*).

Exemplaire orné de 29 AQUARELLES et DESSINS ORIGINAUX de PAUL AVRIL, dont 26 dans les marges et 3 hors texte.

218. HALÉVY (Ludovic). Criquette. *Paris, Calmann-Lévy*, 1883, in-12, broché (*Couvert.*).

ÉDITION ORIGINALE.

Exemplaire imprimé sur PAPIER DE HOLLANDE orné, dans les marges, de QUARANTE DESSINS de FRAIPONT exécutés à la plume et à l'encre de Chine.

219. HALÉVY (Ludovic). Trois coups de foudre. Dix dessins de

Kauffmann, gravés par T. de Mare. *Paris, L. Conquet*, 1886, in-18, broché (*Couvert.*).

Un des 30 exemplaires (n° 4) imprimés sur PAPIER DU JAPON contenant les eaux-fortes en trois états dont l'EAU-FORTE PURE. Il est orné sur le faux-titre d'une petite AQUARELLE ORIGINALE de P. KAUFFMANN.

220. HALÉVY (Ludovic). Karikari. Aquarelles d'après Henriot. *Paris, L. Conquet*, 1888, in-18, broché (*Couvert. illust.*).

Edition non mise dans le commerce. Exemplaire sur PAPIER DU JAPON offert par l'éditeur.

On y a ajouté, comme frontispice, UNE AQUARELLE ORIGINALE de H. SOMM.

221. HAMILTON (Antoine). Mémoires du comte de Grammont. Un portrait de A. Hamilton et 33 compositions de C. Delort, gravés au burin et à l'eau-forte par L. Boisson. Préface de Gausseron. *Paris, L. Conquet*, 1888, grand in-8, broché (*Couvert.*).

Exemplaire imprimé sur VÉLIN DU MARAIS (n° 26) contenant les figures en trois états, dont l'EAU-FORTE PURE.

222. HARAUCOURT (Edmond). L'Effort, la Madone, l'Antechrist, l'Immortalité, la fin du monde. *Paris, publié pour les sociétaires de l'Académie des beaux livres*, 1894, pet. in-4, broché (*Couvert.*).

Illustrations de *Radinski, Lunois, Eug. Courboin, Carloz Schwabe, Alexandre Léon.*

Publication de la Société des Bibliophiles contemporains.

223. HISTOIRE LITHOGRAPHIÉE DU PALAIS-ROYAL, dédiée au roi. Publiée par M. J. Vatout. *A Paris, Imp. Ch. Motte, s. d.*, in-fol., demi-rel. chagrin bleu, ébarbé.

40 lithographies tirées sur Chine, d'après *Deveria, H. Vernet, Delacroix, C. Nanteuil*, etc., etc.

224. HOFFMANN. Contes fantastiques. Traduction nouvelle ; précédés de souvenirs intimes sur la vie de l'auteur par P. Christian. Illustrés par Gavarni. *Paris, Lavigne*, 1843, in-8, broché (*Couvert.*).

PREMIER TIRAGE.

Bel exemplaire.

225. HOFFMANN. Contes fantastiques. Traduction nouvelle, précédés de souvenirs intimes sur la vie de l'auteur par P. Christian. Illustrés par Gavarni. *Paris, Lavigne*, 1843, in-8, dos et coins mar. brun, tête dor., non rogné (*Couvert.*).

PREMIER TIRAGE.

Bel exemplaire.

226. HOMÈRE. Iliade et Odyssée, Hymnes, épigrammes, batrakhomyomakhie. Traduction nouvelle par Leconte de Lisle. *Paris, Alph. Lemerre*, 1867-1868, 2 vol. in-8, dos et coins mar. La Vall., tête dor., non rognés.

Un des 100 exemplaires (n° 55) imprimés sur PAPIER DE HOLLANDE.

227. HORACE. Suite de 10 dessins originaux de Paul Avril, pour illustrer les Œuvres d'Horace, traduites par Aug. de Bors. *Paris, Molleroz*, 1887, in-32.

Dessins exécutés à la mine de plomb ou à l'encre de Chine.

227 *bis*. HOUSSAYE (Arsène). Aspasie — Cléopâtre — Théodora. Illustrations de A. Giraldon. *Paris, imprimé pour les Amis des livres*, 1899, in-8, broché (*Couvert.*).

Publication imprimée à 120 exemplaires.

228. HUART (Louis). Museum parisien. Histoire physiologique, pittoresque, philosophique et grotesque de toutes les bêtes curieuses de Paris et de la banlieue, pour faire suite à toutes les éditions des œuvres de M. de Buffon. 350 vignettes par MM. Grandville, Gavarni, Daumier, Traviès, Lecurieur et Henri Monnier. *Paris, Beauger et Cie*, 1841, gr. in-8, broché (*Couvert.*).

PREMIER TIRAGE.

229. HUGO (Victor). Notre-Dame de Paris. Edition illustrée d'après les dessins de MM. E. de Beaumont, L. Boulenger, Daubigny, T. Johannot, de Lemud, C. Roqueplan, de Rudder, Steinheil, gravés par les artistes les plus distingués. *Paris, Perrotin*, 1844, gr. in-8, demi-rel. cuir de Russie, non rogné.

PREMIER TIRAGE, avec le filet anglais sur le titre.

230. HUGO (Victor). Les Misérables. *Paris, Hugues, s. d.* (1879-1882), 5 vol. gr. in-8, brochés (*Couvert.*).

Un des 50 exemplaires (n° 21) imprimés sur PAPIER DE CHINE. Illustrations de *Lix, Em. Bayard, H. Scott, Ed. Morin, D. Vierge, J.-P. Laurens*, etc., etc.

231. HUGO (Victor). Les Orientales (d'après l'édition originale). Illustrées de huit compositions de MM. Gérome et Benjamin Constant, gravées à l'eau-forte par M. de Los Rios. *Paris, Imprimé pour les Amis des livres*, 1882, in-4, broché (*Couvert.*).

Edition tirée à 135 exemplaires (n° 41) sur PAPIER DU JAPON, avec les 8 eaux-fortes en 2 états, dont l'eau-forte pure.

232. HUGO (Victor). Ruy-Blas, drame en cinq actes. Un portrait et quinze compositions de Adrien Moreau, gravés à l'eau-forte

par Champollion. *Paris, L. Conquet,* 1889, gr. in-8 broché (*Couvert.*).

Exemplaire n° 6 imprimé sur PAPIER VÉLIN du Marais, contenant les eaux-fortes en trois états dont l'EAU-FORTE PURE.

233. HUGO (Victor). Hernani, drame en cinq actes. Un portrait d'après Devéria et 15 compositions de Michelena, gravés à l'eau-forte par Boisson. *Paris, L. Conquet,* 1890, gr. in-8, broché (*Couvert.*).

Exemplaire (n° 6) imprimé sur papier vélin du Marais, contenant les eaux-fortes en trois états, dont l'EAU-FORTE PURE.

234. L'IMAGE. Revue artistique et littéraire, ornée de figures sur bois. *Paris, Floury,* 1896-1897. 12 fascicules in-4, en feuilles.

Un des 150 exemplaires imprimés sur PAPIER DE CHINE contenant le TIRAGE A PART de toutes les illustrations et 12 fumés de planches parues dans le texte.

Edition dite des souscripteurs.

235. IMITATION de Jésus-Christ. Traduction de F. de Lamennais. *Paris, Gruel-Engelmann, s. d.* (1883), in-4, en feuilles.

Très belle publication.

Texte imprimé sur 2 colonnes en caractères gothiques dans des encadrements en couleurs, lettres ornées et grandes planches en chromolithographie.

236. JANIN (Jules). L'Ane mort et la femme guillotinée. *Paris, Baudouin,* 1829, 2 tomes en 1 vol. in-12, cartonné, non rogné.

EDITION ORIGINALE ; cartonnage de l'époque.

237. JANIN (Jules). L'Ane mort. Edition illustrée par Tony Johannot. *Paris, Ernest Bourdin,* 1842, gr. in-8, chag. noir, fil. à froid, dent. int., ébarbé.

PREMIER TIRAGE.

Exemplaire imprimé sur PAPIER DE CHINE.

Cachet de la bibliothèque de San Donato sur le titre.

238. JANIN (Jules). Le Chemin de traverse. *Paris, Ambroise Dupont,* 1836, 2 tomes en 1 vol. in-8, demi-rel. veau brun, non rogné (*Rel. de l'époque*).

EDITION ORIGINALE.

239. JOYEUSETÉS (Les) du R. P. La Cayorne, avec un frontispice de Henry Somm. *Paris, J. Lemonnyer,* 1882, in-12 mar. citron, large dent. int., tête dor., non rogné, couverture (*Noulhac*).

Exemplaire imprimé sur PAPIER DU JAPON ; il est orné, sur le faux-titre et dans les marges, de 27 AQUARELLES ORIGINALES de P. AVRIL.

240. KLEIST (Henri de). La Cruche cassée, comédie en un acte, traduite de l'allemand par Alfred de Lostalot. Avec 34 illustrations gravées sur bois d'après les compositions originales de Adolphe Menzel. *Paris, Firmin Didot et Cie*. 1884, in-fol., cartonnage original des éditeurs, non rogné.

Un des 50 exemplaires (n° 19) imprimés sur PAPIER DU JAPON.

241. KOCK (Paul de). La grande ville. Nouveau tableau de Paris, comique, critique et philosophique. Illustrations de Gavarni, Victor Adam, Daumier, d'Aubigny, H. Emy, Traviès et Henry Monnier. *Paris*, 1842-1843, 2 vol. in-8, cartonn., dos et coins mar. rouge, jans. (*Couvert.*).

PREMIER TIRAGE.

Les premiers plats des couvertures sont seuls conservés, ils sont coupés et remontés; les figures sont plus courtes que le texte.

242. LA FAYETTE (Mme de). La Princesse de Clèves. Préface par Anatole France; un portrait et douze compositions de Jules Garnier gravés par A. Lamotte. *Paris, L. Conquet*, 1889, in-8, broché (*Couvert.*).

Exemplaire (n° 8) imprimé sur GRAND PAPIER VÉLIN DU MARAIS contenant les eaux-fortes en trois états dont l'EAU-FORTE PURE.

243. LA FIZELIÈRE (A. de), CHAMPFLEURY, HENRIET (F.). La vie et l'œuvre de Chintreuil. 40 eaux-fortes par Martial, Beauverie, Taiée, Ad. Lalauze, Saffray, Selle, Paul Roux. *Paris, chez Cadart*, 1874, in-fol., dos et coins mar. brun, jans., tête dor., non rogné (*Couvert.*).

Un des 60 exemplaires (n° 51) imprimés sur PAPIER DE CHINE.

244. LEMAITRE (Jules). Sérénus, histoire d'un martyr. *Paris, Société des Amis des livres*, 1905, gr. in-8, broché (*Couvert.*).

Edition tirée à 115 exemplaires (n° 37) sur papier vélin fort sous la direction de MM. Victor Mercier et Raymond Claude Lafontaine. Compositions d'*Aug.-Fr. Gorguet*, gravées sur bois par *Paillard*.

245. L'EPINE (Ernest). La Légende de Croque-Mitaine illustrée de 177 vignettes sur bois par Gustave Doré, 769-778. *Paris, Hachette & Cie*, 1863, in-4, cartonn., toile rouge, fers spéciaux, tr. dor.

PREMIER TIRAGE.

246. LE SAGE. Histoire de Gil Blas de Santillane. Vignettes par Jean Gigoux. *Paris, chez Paulin*, 1835, gr. in-8, demi-rel., veau violet, dos orné, tr. marb. (*Rel. de l'époque*).

PREMIER TIRAGE.

247. LE SAGE. Le Diable boiteux, avec une préface par H. Reynald. Gravures à l'eau-forte par Ad. Lalauze. *Paris, Librairie des bibliophiles*, 1880, 2 vol. in-8, brochés (*Couvert.*).

Un des 20 exemplaires imprimés sur PAPIER WHATMAN (n° 33), contenant les eaux-fortes en 2 états : AVANT et avec la lettre.

248. LE SAGE. Œuvres. Suite de 24 eaux-fortes, dessinées et gravées par Ricardo de Los Rios, in-4, en 4 albums.

Le *Diable boiteux*, 4 planches. — *Gil Blas de Santillane*, 12 planches. — *Estevanille Gonzalès*, 4 planches. — *Bachelier de Salamanque*, 4 planches.
Epreuves AVANT la lettre sur GRAND JAPON.

249. LIREUX (Auguste). Assemblée nationale comique. Illustré par Cham. *Paris, Michel Lévy frères*, 1850, gr. in-8, broché (*Couvert.*).

PREMIER TIRAGE.

250. MAISTRE (Xavier de). Voyage autour de ma chambre, suivi de l'expédition nocturne. Préface par Jules Claretie. Six eaux-fortes par Hédouin. *Paris, Librairie des bibliophiles*, 1877, in-8, dos et coins mar. rouge, tête dor., non rogné (*Noulhac*).

Un des 20 exemplaires (n° 4) imprimés sur PAPIER DE CHINE contenant les eaux-fortes en deux états : AVANT et avec la lettre.

251. MALOT (Hector). Micheline, *Paris, Charpentier*, 1884, in-12, broché (*Couvert.*).

EDITION ORIGINALE.
Un des 60 exemplaires (n° 30) imprimés sur PAPIER DE HOLLANDE.

252. MARCO DE SAINT-HILAIRE (Emile). Histoire populaire anecdotique et pittoresque de Napoléon et de la grande armée, illustrée par Jules David. *Paris, G. Kugelmann*, 1843, in-8, cartonn. dos et coins mar. grenat, non rogné (*Couvert.*).

PREMIER TIRAGE. Couvertures et dos conservés.
Bel exemplaire très frais auquel on a ajouté 49 (sur 50) couvertures des livraisons.

253. MARTIN (Alexandre). Bréviaire du gastronome ou l'art d'ordonner le dîner de chaque jour, suivant les diverses saisons de l'année pour la petite et la grande propriété, précédé d'une histoire de la cuisine française, ancienne et moderne, par l'auteur du « Manuel de l'amateur d'huitres » (Alexandre Martin). *Paris, Audot*, 1828, in-18, broché (*Couvert.*).

EDITION ORIGINALE, ornée d'une lithographie coloriée d'*Henry Monnier*.

254. MAUPASSANT (Guy de). Bel-Ami. *Paris, Victor-Havard,* 1885, in-12, broché (*Couvert.*).

Edition originale.
Papier de Hollande.

255. MAUPASSANT (Guy de). Le Rosier de Madame Husson. Illustrations par Habert Dys, eaux-fortes de E. Abot, d'après Desprès. *Paris, Quantin,* 1888, in-8, broché (*Couvert. illust.*).

Un des 10 exemplaires (n° 8) imprimés sur papier du Japon, contenant une petite aquarelle originale de Habert Dys et le tirage à part de toutes les illustrations du texte.

256. MAUPASSANT (Guy de). Contes choisis, publiés par les Bibliophiles contemporains. Le Loup. — Hautot père et fils. — Allouma. — Mouche. — La Maison Tellier. — Un Soir. — Le Champ d'oliviers. — Mademoiselle Fifi. — L'Epave. — Une Partie de campagne. *Paris,* 1891-1892, 10 fascicules, gr. in-8, brochés, titre général, couvertures du livre et des livraisons.

Ces fascicules sont illustrés de figures en noir et en couleurs par *P. Vidal, P. Avril, Lunois, P. Gervais, F. Gueltry, Van Muyden,* etc., et d'un frontispice en couleurs gravé par *P. Avril,* d'après *F. Rops.*
Cette édition a été tirée à petit nombre pour les membres de la Société seulement.
On y a ajouté : 1° un titre en couleur par *Henri Boutet,* pour *Une partie de campagne.*
2° La gravure en couleur du *Devoir* pour *Mademoiselle Fifi.*
3° A *l'Epave,* une suite de 6 lithographies d'*Alex. Lunois,* tirées sur Japon ancien.
Une partie de campagne est ornée de DEUX AQUARELLES hors texte, et dans les marges de 10 AQUARELLES ORIGINALES de PAUL AVRIL.

257. MAUPASSANT (Guy de). Le Vagabond. Lithographies en couleurs par Steinlen. *Paris, Imprimé aux frais de la Société des Amis des livres,* 1902, pet. in-4, broché (*Couvert. illust.*).

Edition imprimée à 115 exemplaires sur papier vélin.

258. MEILHAC (Henri). Contes parisiens du second Empire (1866). Eaux-fortes de Pierre Vidal. *Paris, imprimé pour les Amis des livres,* 1905, gr. in-8, broché (*Couvert.*).

Publication faite par les soins de M. Henri Béraldi et tirée à 125 exemplaires.

259. MÉRIMÉE (Prosper). Chronique du règne de Charles IX. Illustrée de trente et une compositions dessinées et gravées à l'eau-forte par Edmond Morin. *Paris, imprimé pour les Amis des livres,* 1876, 2 vol. gr. in-8, brochés (*Couvert.*).

Edition imprimée à 115 exemplaires.

260. MÉTAMORPHOSES DU JOUR (Les), par J.-A. Grandville. *A Paris, chez Bulla, Imp. lithog. de Langlumé, s. d.* (1829), in-4 oblong, dos et coins mar. rouge à longs grains, tr. jasp. (*Rel. de l'époque*).

Exemplaire de PREMIER TIRAGE bien complet, contenant le feuillet de texte et les 73 lithographies coloriées.

Les deux pièces suivantes : *Une bête féroce* (pl. 72), *Famille des scarabées* (pl. 73), sont sous la rubrique de Bruxelles, chez Borella ; elles sont très rares avec cette première adresse. — La planche 14. *Misère, hypocrisie* est du second tirage, avec la légende anglaise (voir *Bulletin du Bibliophile*, 1875, pp. 41-51, la notice de M. E. Meaume).

261. MICHELET (J.). L'Oiseau. Huitième édition illustrée de 210 vignettes sur bois dessinées par H. Giacomelli. *Paris, Hachette et Cie*, 1867, in-8, vélin blanc, non rogné.

PREMIER TIRAGE.

Un des 200 exemplaires tirés avec encadrement rouge. Reliure sur le dos de laquelle on a dessiné à la plume la vignette du titre.

262. MICHELET (J.). L'Insecte. Nouvelle édition illustrée de 140 vignettes sur bois dessinées par H. Giacomelli. *Paris, Hachette et Cie*, 1876, gr. in-8, cartonn., vélin blanc à recouvrement, non rogné.

PREMIER TIRAGE.

Un des 50 exemplaires (n° 15) imprimés sur PAPIER DE CHINE.

Sur le dos de la reliure, dessin à la plume, reproduisant la vignette du titre.

263. MICHELET (J.). L'Insecte. Nouvelle édition illustrée de 140 vignettes sur bois dessinées par H. Giacomelli. *Paris, Hachette et Cie*, 1876, gr. in-8, broché (*Couvert.*).

PREMIER TIRAGE.

Un des 50 exemplaires (n° 44) imprimés sur PAPIER DE CHINE.

264. MICHELET (J.). Thérèse et Marianne, souvenirs de jeunesse. Onze eaux-fortes originales de V. Foulquier. *Paris, L. Conquet*, 1891, in-16, broché (*Couvert.*).

Exemplaire (n° 8) imprimé sur PAPIER VÉLIN DU MARAIS contenant les illustrations en trois états dont l'EAU-FORTE PURE.

265. MOLIÈRE. Suite complète d'un portrait et de 18 figures par Desenne pour les *œuvres* de Molière. *Paris, Lefèvre*, 1824-1826, in-8.

Épreuves AVANT la lettre tirées sur papier de Chine.

266. MOLIÈRE. Suite de 165 vignettes gravées à l'eau-forte

par Frédéric Hillemacher pour le Théâtre de Molière. *Lyon, Scheuring*, 1864-1870, in-8.

Épreuves tirées sur papier de Chine AVANT la lettre, montées sur papier de format in-4.

On y joint : la suite complète des 33 portraits de Hillemacher, pour la *Galerie historique des comédiens de la troupe de Molière, Lyon, Scheuring*, 1869, in-8. Épreuves tirées sur papier de Chine.

267. MOLIÈRE. Suite de 34 estampes pour les œuvres de Molière, dessinées et gravées à l'eau-forte par Adolphe Lalauze. *Paris, Morgand et Fatout*, 1876, in-fol.

Épreuve AVANT la lettre, tirées sur papier de Hollande, de format in-fol.

On y a joint : 1° 2 pièces gravées en largeur, variantes des 2 pièces de la suite : *Les Femmes savantes* et *le Malade imaginaire*.

2° 19 pièces diverses, portraits de Molière d'après *Coypel, Bourdon, Mignard, Lalauze*, etc., portrait d'Armande Béjart, etc., etc.

268. MOLIÈRE. Trente-trois estampes pour les œuvres de Molière composées par F. Boucher, réduites et gravées à l'eau-forte par T. de Mare. *Paris, Lefilleul*, 1881, in-4, en livraisons, dans un cartonnage.

Un des 30 exemplaires imprimés sur PAPIER DU JAPON, avec les épreuves terminées, tirées en bistre.

269. MOLIÈRE. Suites diverses pour illustrer les œuvres de Molière, in-4 et in-8.

1° Un portrait par *Coypel*, gravé par *Lépicié* et 33 figures par *Boucher*, gravées par *Laurent Cars. Paris, Delarue, s. d.*, in-4.

2° Un portrait et 6 figures par *Coypel*, gravés par *T. de Mare*. Épreuves tirées en bistre sur Japon. *Paris, Vve Lefilleul, s. d.*, in-4.

3° Suite complète des 50 eaux-fortes de *Foulquier*, pour l'édition Mame. Épreuves tirées hors texte sur papier de Chine.

270. MONNIER (Henry). Scènes populaires dessinées à la plume, ornées du portrait de M. Prudhomme (Quatrième édition). *Paris, Librairie de Dumont*, 1836-1839, 4 vol. in-8, brochés (*Couvert.*).

271. MONNIER (Henry). Scènes de la ville et de la campagne, avec vignettes sur bois par Henry Monnier, gravées par Gérard. *Paris, Dumont*, 1841, 2 vol. in-8, brochés (*Couvert.*).

ÉDITION ORIGINALE.

272. MONNIER (Henri). Mémoires de Monsieur Joseph Prudhomme. *Paris, Librairie nouvelle*, 1857, 2 vol. in-12, cartonn. dos et coins mar. rouge, fil., dos orné, tête dor., non rognés (*Couvert.*).

ÉDITION ORIGINALE.

273. MONNIER (Henry). Les Bas-fonds de la société. *Paris, Jules Claye,* 1862, in-8, vélin blanc, fil. noirs, non rogné.

Édition originale tirée à 200 exemplaires sur papier de Hollande et non mise dans le commerce.

Exemplaire de souscripteur contenant un frontispice de *Chauvet,* en 2 états : en bistre sur Hollande et en noir sur Chine.

274. MONUMENT DU COSTUME. Les 24 estampes dessinées par Moreau le Jeune en 1776-1783, pour servir à l'histoire des Modes et du Costume dans le XVIIIe siècle, gravées au burin par Dubouchet. *Paris, L. Conquet,* 1880-1881, 1 vol. in-8 de texte et 1 album, in-4, en feuilles dans le cartonnage de l'éditeur.

Épreuves en 3 états savoir :

1° Un des 50 exemplaires du 1er état sur Japon blanc, eaux-fortes pures, tirées en noir ;

2° Un des 50 exemplaires du 2e état sur Japon blanc, eaux-fortes non terminées, tirées en noir ;

3° Un des 25 exemplaires du 3e état sur Hollande, eaux-fortes terminées, tirées en noir.

275. MONUMENT DU COSTUME. Les douze estampes dessinées par Freudeberg en 1774, pour servir à l'histoire des mœurs et du costume des Français dans le XVIIIe siècle, gravées au burin par Dubouchet. *Paris, L. Conquet,* 1883, 1 vol. in-8, de texte et 12 planches, en feuilles.

Exemplaire imprimé sur papier du Japon.
Les figures sont en 3 états :
1° Eaux-fortes pures ;
2° Eaux-fortes avancées ;
3° Eaux-fortes terminées avec le nom du graveur à la pointe.

276. MONSELET (Charles). Les Créanciers ; œuvre de vengeance avec une cruelle eau-forte d'Émile Benassit. *Paris, René Pincebourde,* 1870, in-8, cartonn., dos et coins mar. vert., fil., dos orné, tête dor., couvert. (*Noulhac*).

Exemplaire imprimé sur papier vélin teinté contenant le frontispice en trois états.

277. MONSELET (Charles). Gastronomie. Récits de table. *Paris, Charpentier et Cie,* 1874, in-12, broché (*Couvert.*).

Édition originale.
Un des 50 exemplaires (n° 43) imprimés sur papier de Hollande.

278. MOREAU (Hégésippe). Petits contes en prose. Le Gui de chêne. La Souris blanche. Les petits Souliers. Thérèse Sureau.

Illustré d'un portrait et de douze compositions par Félix Oudart. *Paris, Rouquette,* 1892, in-8, broché (*Couvert.*).

Un des 50 exemplaires imprimés sur PAPIER DU JAPON ; contenant une double suite de toutes les illustrations du texte et hors texte.

279. MORIN (Louis). Vieille Idylle. Douze pointes sèches et vingt ornements typographiques par l'auteur. *Paris, L. Conquel,* 1891, in-16, broché (*Couvert. illust.*).

Exemplaire imprimé sur papier vélin offert par l'éditeur à M. Ouachée.

280. MULLER (Eugène). La Mionette. 28 compositions de O. Cortazzo. gravées à l'eau-forte par Abot et Clapés. *Paris, L. Conquel,* 1885, pet. in-8, broché (*Couvert.*).

Exemplaire (nº 14) imprimé sur GRAND PAPIER DE HOLLANDE contenant les illustrations en trois états, dont l'EAU-FORTE PURE.

281. MURGER (Henry). Le Pays latin. *Paris, Michel Lévy frères.* 1851. in-12, cartonn. demi-rel. toile grise, non rogné (*Couvert.*).

ÉDITION ORIGINALE.

282. MURGER (Henry). Scènes de la Bohème. *Paris, Michel Lévy frères,* 1851, in-12 cartonn., dos et coins mar. bleu, non rogné, couvert. (*Carayon*).

ÉDITION ORIGINALE.

283. MURGER (Henry). Scènes de la Bohème. Avec un frontispice et douze gravures à l'eau-forte par Adolphe Bichard. *Paris, imprimé pour les Amis des livres,* 1879, in-8, broché (*Couvert.*).

Imprimé à 118 exemplaires, avec les eaux-fortes en deux états : AVANT la lettre sur Japon et avec la lettre sur Hollande.

284. MUSÉE DANTAN. Galerie des charges et croquis des célébrités de l'époque, avec texte explicatif et biographique. *Paris, chez H. Delloye,* 1839, gr. in-8, monté sur onglets, cartonn. dos et coins mar. grenat, jans., non rogné (*Couvert.*).

Notices écrites par Louis Huart et 100 portraits charges dessinés et gravés par *Maurisset.*

285. MUSSET (Alfred de). Œuvres complètes avec lettres inédites, variantes, notes, index, fac-simile. Notice biographique par son frère. Edition dédiée aux amis du poète, ornée de 28 dessins de M. Bida et d'un portrait d'Alfred de Musset d'après l'original de M. Landelle, gravés sur acier sous la direction de M. Henriquel Dupont, par les premiers artistes. *Paris, Char-*

pentier, 1866, 10 vol. in-8. dos et coins mar. rouge, jans., tête dor.. ébarbés.

Belle édition imprimée sur PAPIER DE HOLLANDE.

286. MUSSET (Alfred de). Lorenzaccio, drame. Décoration d'Albert Maignan. *Paris, pour la Société des Amis des livres*, 1895, in-8, enveloppe en étoffe brochée.

Edition tirée à 115 exemplaires (n° 39) sur papier de Chine; figures tirées en couleurs.

287. NADAUD (Gustave). Chansons populaires, chansons de salon, chansons légères, eaux-fortes par Ed. Morin. *Paris, Librairie des bibliophiles*, 1879, 3 vol. in-8, brochés (*Couvert.*).

Un des 20 exemplaires (n° 39) imprimés sur PAPIER WHATMAN, contenant les eaux-fortes en deux états : AVANT et avec la lettre.

288. NERVAL (Gérard de). Sylvie. Souvenirs du Valois. Préface par Ludovic Halévy. 42 compositions dessinées et gravées à l'eau-forte par Ed. Rudaux. *Paris, L. Conquet*. 1886, in-12, broché (*Couvert.*).

Un des 150 exemplaires (n° 3) imprimés sur PAPIER DU JAPON, contenant les illustrations en trois états dont l'EAU-FORTE PURE.

289. NODIER (Charles). Histoire du roi de Bohême et de ses sept châteaux. *Paris, Delangle frères*. 1830, in-8, broché (*Couvert. illust.*).

PREMIER TIRAGE.

Vignettes dans le texte, gravées sur bois par *Porret* d'après *Tony Johannot*.

La couverture est très fraiche, mais comme toujours, le texte est piqué.

290. NODIER (Charles). Journal de l'expédition des Portes de Fer. *Paris, Imp. royale*, 1844, gr. in-8, cartonné, non rogné.

Ouvrage non mis dans le commerce, orné de 200 vignettes gravées sur bois d'après *Raffet*, dont 40 planches tirées à part sur papier de Chine.

Exemplaire du baron Raoul de Montmorency.

Le cartonnage est un peu défraichi.

291. NODIER (Charles). Trésor des fèves et fleur des pois. Le génie Bonhomme, histoire du chien de Brisquet. Vignettes par Tony Johannot. *Paris, publié par Hetzel*, 1844, pet. in-8, cartonn., dos et coins mar. grenat, non rogné.

PREMIER TIRAGE.

On y a joint la couverture d'une livraison.

292. NODIER (Charles). Contes. Trilby, le Songe d'or, Baptiste Montauban, la Fée aux miettes, la Combe de l'homme mort, Ines de las Sierras, Smarra... *Paris, publié par J. Hetzel*, 1846, gr. in-8, broché (*Couvert.*).

Premier tirage.

293. NORVINS (de). Histoire de Napoléon. Vignettes par Raffet. *Paris, Furne et Cie*, 1839, gr. in-8, cartonn., dos et coins mar. grenat, jans., non rogné (*Couvert.*).

Premier tirage.

Bel exemplaire très frais, auquel on a ajouté les couvertures des 80 livraisons.

La couverture du livre porte la date de 1840.

294. NORIAC (Jules). Le 101e régiment, illustré par Armand-Dumaresq, G. Janet, Pelcoq, Morin et Deuxétoiles. *Paris, Bourdillat et Cie*, 1860, pet. in-8, broché.

Premier tirage.

Un des 45 exemplaires (n° 35) imprimés sur papier vélin. Sans la couverture imprimée.

295. OLD NICK ET GRANDVILLE. Petites misères de la vie humaine par Old Nick (Em. Forgues) et Grandville. *Paris, H. Fournier*, 1843, in-8, dos et coins mar. grenat, jans., tête dor., ébarbé (*Couvertures illust.*).

Premier tirage.

296. OMNIBUS (Les). Pérégrinations burlesques à travers tous chemins, par MM. Bertal et Lefix; ornées d'illustrations nombreuses et variées, par M. Bertal. *Stations chez tous les libraires (Paris*, 1844), in-8, cartonn. dos et coins mar. bleu, non rogné.

Bel exemplaire bien complet des 8 livraisons; toutes ont les couvertures jaunes imprimées sauf pour « *La Comète* » qui n'a que le premier plat et « *Aux femmes* » qui n'a que le second.

297. OUVRAGES publiés par la librairie Blanchard. 1853. 5 vol. in-18, brochés (*Couvert.*).

Balzac (H. de). Les Peines de cœur d'une chatte anglaise (Éd. orig.). — Bellegarrigue (A.). Les femmes d'Amérique. — Musset (Alfred de). Histoire d'un merle blanc (Éd. orig.). — Sand (George). La Marquise (Éd. orig.). — Stahl (P.-J.). Théorie de l'amour et de la jalousie (Éd. orig.).

298. OUVRAGES publiés par la librairie Victor Lecou. 1854-1855, 4 vol. in-18, brochés (*Couvert.*).

Eggis (Etienne). Voyage aux Champs-Elysées. 1855. — Houssaye

(Arsène). Le Repentir de Marion. 1854. — MONSELET (Charles). Les Aveux d'un pamphlétaire. 1854. — WEILL (Alexandre). Gumper, Histoire de village. 1854. — EDITIONS ORIGINALES.

299. OUVRAGES publiés par la Librairie nouvelle. 1853-1854, 5 vol. in-18, brochés (*Couvert.*).

BALZAC (H. de). Traité de la vie élégante. 1853 (ED. ORIG.). — DELESSERT (Edouard). Une Nuit dans la cité de Londres. 1854. — LAMARTINE (A. de). L'Enfance. 1853. — SOULIÉ (Frédéric). Le Lion amoureux. 1854. — VARENNES (Marquis de). Pris au piège. 1854 (ED. ORIG.).

300. PARIS QUI CRIE, petits métiers; notices par A. Arnal, H. H. Spencer Ashbee, J. Claretie, A. Giraudeau, H. Houssaye, Meilhac, V. Mercier, E. Paillet, J. Paillet, R. Portalis, E. Rodrigues; préface par Henri Béraldi. Dessins de Pierre Vidal. *Paris, imprimé pour les Amis des livres,* 1890, petit in-4, broché (*Couvert. illust.*).

Edition imprimée à 120 exemplaires sur papier vélin; figures en couleurs.

301. PELLICO (Silvio). Mes prisons, suivi des devoirs des hommes; traduction nouvelle par le comte H. de Messey, revue par le vicomte Alban de Villeneuve, avec notice biographique et littéraire sur Silvio Pellico et ses ouvrages par M. V. Philipon de la Madelaine. Edition illustrée d'après les dessins de MM. Gérard Séguin, d'Aubigny, Steinheil, etc., etc. *Paris, H.-L. Delloye,* 1844, in-8, cartonn. dos et coins mar. grenat, jans.

PREMIER TIRAGE.

302. PHILIPON (Charles) et HUART (Louis). Parodie du juif errant, complainte constitutionnelle en dix parties. 300 vignettes par Cham (de N...). *Paris, Aubert, s. d.* (1845), in-12, broché (*Couvert.*).

Exemplaire très frais, non coupé.

303. PITRE-CHEVALIER. La Bretagne ancienne et moderne illustrée par A. Leleux, O. Penguilly, T. Johannot. *Paris, W. Coquebert, s. d.* (1844). — Bretagne et Vendée. Histoire de la Révolution française dans l'Ouest. Illustrée par A. Leleux, O. Penguilly, T. Johannot. *Paris, s. d.* (1845). Ens. 2 vol. gr. in-8, cartonn. dos et coins toile rouge, non rognés (*Couvert.*).

PREMIER TIRAGE.

304. POE (Edgar). Charles Baudelaire. Quinze histoires d'Edgar

Poë. Illustrations de Louis Legrand. *Paris, imprimé pour les Amis des livres*, 1897, gr. in-8, broché (*Couvert. illust.*).

Edition publiée à 115 exemplaires ; par les soins de MM. Ch. Delafosse et Rodrigues.

Celui-ci est un des 50 exemplaires (n° 37) imprimés pour les membres titulaires de la Société des Amis des livres. Les illustrations sont en deux états sur papier du Japon.

305. PHYSIOLOGIES PARISIENNES par MM. Etienne de Neufville, Eug. Dulac, Frédéric Soulié, Edouard Gourdon, Henri Monnier, etc., etc. *Paris*, 1841-1842, 93 vol. in-18, cartonn. toile grise, non rognés (*Couvert.*).

Physiologies des Amoureux. — De l'Amant de cœur. — De l'Anglais à Paris. — Du Bal Mabille. — Des Bals de Paris. — Du Barbier. — Du Bas-bleu. — Du Bois de Boulogne. — Du Bourgeois. — Du Buveur. — Des Cafés de Paris. — Du Calembourg. — Du Célibataire. — Des Champs-Elysées. — Du Chant. — Du Chasseur. — Du Château des Tuileries. — De la Chaumière. — Du Cocu. — Du Commerce des Arts. — Du Créancier. — Du Curé de campagne. — Du Débardeur. — Des Demoiselles de magasin. — Du Député. — Du Diable. — Des Diligences. — De l'Ecolier. — De l'Espèce humaine. — Des Etudiants. — De la Femme entretenue. — Du Flaneur. — Des Foyers des théâtres. — Du Franc-Maçon. — Du Fumeur et du Priseur. — Du Gamin de Paris. — Du Gant. — Du Garde national. — Du Goût, 2 vol. — De la Grisette. — De l'Homme à bonnes fortunes. — De l'Homme de loi. — De l'Homme marié. — De l'Imprimeur. — Du Jardin des Plantes. — Du Jésuite. — Du Jour de l'an. — Des Journalistes. — Du Journaliste de Province. — De la Barbe. — De l'Employé. — De la Femme. — De la Femme la plus malheureuse. — De la Lorette. — Du Macaire. — Du Maître de pension. — Du Marin. — Du Médecin. — Du Musicien. — De l'Omnibus. — De l'Opéra. — Du Palais du Luxembourg. — Du Parapluie. — Du Parisien. — De la Parisienne. — Du Parterre. — Des Physiologies. — Du Poète. — De la Polka. — De la Portière. — Du Prédestiné. — Du Prêtre. — Du Protecteur. — Du Provincial à Paris. — Des Quartiers de Paris. — Des Rats d'église. — Du Rentier. — Du Robert-Macaire. — Des Rues de Paris. — Du Sentiment. — Du Tabac. — Du Tailleur. — Du Théâtre. — De la Toilette. — Du Troupier. — De l'Usurier. — De la Vie conjugale. — Du Vieux garçon. — Du Vin de Champagne. — Du Viveur. — Du Voyageur.

306. QUATRELLES (Ernest Lépine). A coups de fusil. Ouvrage illustré de 30 dessins originaux hors texte, par A. de Neuville. *Paris, G. Charpentier*, 1877, gr. in-8, broché (*Couvert.*).

Premier tirage.

Exemplaire contenant les 2 planches supprimées.

On y a ajouté une suite des planches tirées sur Hollande.

307. RABELAIS. Les cinq livres de F. Rabelais, publiés avec des variantes et un glossaire par P. Chéron et ornés de 11 eaux-

fortes par E. Boilvin. *Paris, Librairie des bibliophiles,* 1876-1877, 5 vol. pet. in-8, brochés (*Couvert.*).

Un des 15 exemplaires imprimés sur papier whatman, contenant les eaux-fortes en deux états : avant et avec la lettre.

308. RABELAIS. Suite complète du portrait et des 12 figures par Déveria pour les *œuvres* de Rabelais. *Paris, Dalibon,* 1823, in-8.

Epreuves à l'état d'eau-forte, tirées sur papier de Chine.

309. RÉCRÉATION DES ENFANS. Illustrée par Lassalle. Texte de Mme Salvage. *Paris, Eymery, Aubert et Cie, s. d.*, pet. in-4 oblong, cartonn. toile bleue.

Titre avec vignette coloriée, et 19 lithographies coloriées.

310. RECUEIL CLAIRAMBAULT-MAUREPAS. Chansonnier historique du XVIIIe siècle. Publié avec introduction, commentaire, notes et index par Emile Raunié : orné de portraits à l'eau-forte par Rousselle. *Paris, A. Quantin,* 1879-1884, 10 vol. in-12, brochés (*Couvert. illust.*).

Un des 50 exemplaires (n° 42) imprimés sur papier de Chine ; contenant les portraits en deux états.

311. REYBAUD (Louis). Jérome Paturot à la recherche d'une position sociale. Edition illustrée par J.-J. Grandville. *Paris, J.-J. Dubochet, Le Chevalier et Cie*, 1846, gr. in-8, cartonn. dos et coins, toile bleue, non rogné.

Premier tirage.
Exemplaire auquel on a ajouté le faux-titre et le titre de la seconde édition publiée en 1848.

312. REYBAUD (Louis). Jérome Paturot à la recherche de la meilleure des républiques. Edition illustrée par Tony Johannot. *Paris, Michel Lévy frères,* 1849, gr. in-8, broché (*Couvert.*).

Premier tirage ; exemplaire fatigué.
Prospectus de la publication ajouté.

313. RICHEPIN (Jean). Miarka la fille à l'ourse. *Paris, Dreyfous, s. d.*, in-12, broché (*Couvert.*).

Edition originale.
Un des 50 exemplaires imprimés sur papier de Hollande.

314. RICHEPIN (Jean). Les Débuts de César Borgia. *Paris, publié pour la Société des Bibliophiles contemporains,* 1890, in-8, broché (*Couvert. illust.*).

Illustrations de *Georges Rochegrosse*, gravées à l'eau-forte par *Paul*

Avril, F. Courboin, Fornet et *Manesse*; elles sont en deux états : en couleurs dans le texte, et en noir, en tirage hors texte.

315. ROBIDA (A.). Voyage de fiançailles au xxe siècle. Texte et dessins par A. Robida. *Paris, L. Conquet,* 1892, in-16, broché (*Couvert. illust.*).

Edition tirée à 200 exemplaires sur PAPIER DE CHINE; celui-ci a été offert par l'éditeur à M. Ouachée.

316. ROPS (Félicien). 4 eaux fortes in-4 et in-fol.

1° « *Diaboliques* », Frontispice, 2e état, sur japon.
2° « *Les Phases de la lune* », dernier état, épreuve d'artiste sur Japon.
3° « *La Goutte* », 1er état, sur Japon, in-folio.
4° « *La dévotion de M. Roch* », frontispice sur Japon.

317. ROPS (Félicien). Catalogue descriptif et analytique de l'œuvre gravé de Félicien Rops, précédé d'une notice biographique et critique par Ernest Ramiro. Orné d'un frontispice et de gravures d'après des compositions inédites de Félicien Rops, et de fleurons et culs-de-lampe d'après F. Rops, Jean La Palette et Louis Legrand. *Paris, L. Conquet,* 1887, gr. in-8, broché (*Couvert.*).

Un des 50 exemplaires (n° 36) imprimés sur PAPIER DE HOLLANDE contenant les fleurons et culs-de-lampe en deux états, dont un sur Japon.

L'Attrapade et la *Tentation de Saint Antoine* sont en trois états, dont l'eau-forte pure; le *Médecin des fièvres*, en deux états, dont 1 en couleurs.

On y a joint une composition de *Rops*, gravée par *Gaujean*, tirée sur Japon en couleur et en bistre.

318. ROUSSEAU (J.-J.). Les Confessions, avec une préface par Marc-Monnier. Treize eaux-fortes par Ed. Hédouin. *Paris, Librairie des bibliophiles,* 1881, 4 vol. in-8, brochés (*Couvert.*).

Un des 20 exemplaires imprimés sur PAPIER WHATMAN, contenant les eaux-fortes en deux états : AVANT et avec la lettre.

319. RUES DE PARIS (Les). Paris ancien et moderne. Origines, histoire, monuments, costumes, mœurs, chroniques et traditions. Ouvrage rédigé par l'élite de la littérature contemporaine sous la direction de Louis Lurine et illustré de 300 dessins exécutés par les artistes les plus distingués. *Paris, G. Kugelmann,* 1844, 2 vol. gr. in-8, brochés (*Couvert. illust.*).

PREMIER TIRAGE.

320. SAINTINE (X.-B.). Picciola. Edition illustrée de 125 vignettes gravées sur bois par Porret, d'après les dessins de Mme L. Huet, et de MM. Tony Johannot, C. Nanteuil, Français,

J. Gagniet. *Paris, Marchant*, 1843, in-8, cartonn. toile grenat (*Pierson*).

PREMIER TIRAGE.

321. SAINTINE (X.-B.). La Mythologie du Rhin et les contes de la mère-grand'. Illustrés par Gustave Doré. *Paris, Hachette et Cie*, 1862, in-8, broché (*Couvert.*).

PREMIER TIRAGE.
Les couvertures sont doublées.

322. SAINT-PIERRE (Bernardin de). Paul et Virginie (La Chaumière indienne). *Paris, L. Curmer, 25, rue Sainte-Anne*, 1838, in-8, dos et coins mar. rouge, ébarbé.

PREMIER TIRAGE.
Le portrait du Docteur est gravé par *Meissonier*.

323. SAINT-PIERRE (Bernardin de). Paul et Virginie, précédé d'une préface de Jules Janin. *A Paris, chez D. Jouaust*, 1869, in-8, broché (*Couvert.*).

Tirage à 300 exemplaires sur papier vergé ; celui-ci contient la suite des 4 eaux-fortes de *F. Foulquier*.

324. SAND (George). La Mare au diable. Edition enrichie de dix-sept illustrations composées et gravées à l'eau-forte par Edmond Rudaux. *Paris, Quantin*, 1889, gr. in-8, broché (*Couvert.*).

Un des 100 exemplaires (n° 16) imprimés sur GRAND PAPIER VÉLIN du Marais pour le compte de la Librairie L. Conquet ; il contient les eaux-fortes en 3 états dont l'EAU-FORTE PURE SUR PAPIER DU JAPON.

325. SANDEAU (Jules). Un Début dans la magistrature. *Paris, Calmann-Lévy*, 1887, in-16, broché (*Couvert.*).

Un des 25 exemplaires (n° 23) imprimés sur PAPIER DU JAPON. Il est orné d'un FRONTISPICE, d'UNE AQUARELLE sur le faux-titre et dans les marges de 27 AQUARELLES ORIGINALES de H. DE STA.

326. SARDOU (Victorien) et Emile de NAJAC. Divorçons ! comédie en trois actes. *Paris, Calmann-Lévy*, 1883, in-8, mar. orange, jans., dent. int., tête dor., non rogné, couvert. (*Noulhac*).

EDITION ORIGINALE.
Exemplaire imprimé sur papier de Hollande orné, sur le faux-titre et dans les marges, de 40 AQUARELLES ORIGINALES de P. AVRIL.

327. SCARRON. Le Roman comique, publié par les soins de D. Jouaust, avec une préface par Paul Bourget. Eaux-fortes par

Léopold Flameng. *Paris, Librairie des bibliophiles*, 1880, 3 vol. in-8, brochés.

Un des 20 exemplaires imprimés sur PAPIER WHATMAN contenant les eaux-fortes en deux états : AVANT et avec la lettre.

328. SCÈNES DE LA VIE PRIVÉE et publique des animaux. Vignettes par Grandville. Études de mœurs contemporaines publiées sous la direction de M. P.-J. Stahl, avec la collaboration de MM. de Balzac, L'Héritier, Alfred de Musset, Paul de Musset, Charles Nodier, etc. *Paris, J. Hetzel et Paulin*, 1842, 2 vol. gr. in-8, demi-rel. chagrin rouge, tête dor., non rognés (*Rel. de l'époque*).

PREMIER TIRAGE.

329. SCHOLL (Aurélien). La Foire aux artistes, petites comédies parisiennes. *Paris, Poulet-Malassis et de Broise*, 1858, in-16, dos et coins mar. rouge, tête dor., non rogné (*Couvert.*).

ÉDITION ORIGINALE.
Un des quelques imprimés sur PAPIER DE HOLLANDE.

330. SONNETS ET EAUX-FORTES. *Paris, A. Lemerre*, 1869, in-4, en feuilles, dans un carton.

Exemplaire imprimé sur PAPIER WHATMAN, contenant les eaux-fortes en deux états : en noir sur Chine et en bistre.

331. SOULIÉ (Frédéric). Le Lion amoureux. Nouvelle édition illustrée de 19 vignettes dessinées par Sahib et gravées sur acier par Nargeot. Avec notice historique et littéraire par Ludovic Halévy. *Paris, L. Conquet*, 1882, pet. in-8, broché (*Couvert.*).

Exemplaire imprimé sur PAPIER DU JAPON contenant trois états des eaux-fortes dont l'EAU-FORTE PURE.
On y a ajouté :
1° Les 20 DESSINS ORIGINAUX de SAHIB, à la plume, relevés d'encre de Chine ;
2° 15 épreuves en divers états sur vélin, sur Hollande ou sur Japon ;
3° La suite sur Japon des 20 figures, tirées après altération des cuivres ;
4° Un titre tiré sur Japon pour M. Ouachée, acquéreur des dessins originaux.

332. SOUVESTRE (Émile). Le Foyer breton. Traditions populaires; illustré par Tony Johannot, O. Penguilly, A. Leleux, C. Fortin et Saint-Germain. *Paris, W. Coquebert, s. d.* (1844), in-8, cartonn., dos et coins mar. grenat, ébarbé.

PREMIER TIRAGE.
Couvertures et dos conservés.

333. STAAL-DELAUNAY (Mme de). Mémoires. Un portrait et trente compositions de C. Delort, gravés au burin et à l'eau-forte par L. Boisson; préface de R. Vallery-Radot. *Paris, L. Conquel*, 1891, in-8, broché (*Couvert.*).

Un des exemplaires (n° 7) imprimés sur PAPIER DU JAPON, contenant les illustrations en trois états, dont l'EAU-FORTE PURE. On y a joint une vignette refusée en deux états.

334. STENDHAL. La Chartreuse de Parme. Réimpression textuelle de l'édition originale. Illustrée de 32 eaux-fortes par V. Foulquier. Préface de Francisque Sarcey. *Paris, L. Conquel*, 1883, 2 vol. gr. in-8, brochés (*Couvert.*).

Un des 25 exemplaires (n° 17) imprimés sur PAPIER DU JAPON, contenant les eaux-fortes en trois états, dont l'EAU-FORTE PURE.

Prospectus de la publication ajouté.

On y a ajouté, comme frontispice au premier volume, UNE AQUARELLE ORIGINALE de Somm.

335. STENDHAL. Suite complète des 32 eaux-fortes de V. Foulquier, pour « *La Chartreuse de Parme* ». Paris, L. Conquet. 1883, in-8.

Epreuves AVANT la lettre, tirées sur PAPIER DE CHINE, et collées sur papier vélin de format in-folio.

336. STENDHAL. Le Rouge et le Noir. Réimpression textuelle de l'édition originale illustrée de 80 eaux-fortes par H. Dubouchet. Préface de Léon Chapron. *Paris, L. Conquel*, 1884, 3 vol. gr. in-8, brochés (*Couvert.*).

Un des 25 exemplaires (n° 17) imprimés sur PAPIER DU JAPON, contenant les illustrations en trois états, dont l'EAU-FORTE PURE.

Prospectus de la publication ajouté.

337. STENDHAL. L'Abbesse de Castro avec illustrations de Eugène Courboin. *Paris, publié pour les sociétaires de l'Académie des beaux livres*, 1890, in-8, broché (*Couvert. illust.*).

Edition imprimée à 160 exemplaires sur papier vélin.

338. STERNE (Laurence). Voyage sentimental en France et en Italie. Traduction nouvelle par Alfred Hédouin. Six eaux-fortes par Edmond Hédouin. *Paris, Librairie des bibliophiles*, 1875, in-8, broché (*Couvert.*).

Un des 170 exemplaires (n° 79) imprimés sur PAPIER DE HOLLANDE.

339. SUE (Eugène). Les Mystères de Paris. Nouvelle édition, re-

vue par l'auteur. *Paris, Librairie de Ch. Gosselin,* 1843-1844. 4 vol. gr. in-8, brochés (*Couvert.*).

PREMIER TIRAGE.
Légères mouillures au bord des tranches des volumes.

340. SUE (Eugène). Le Juif errant. Edition illustrée par Gavarni. *Paris, Paulin*, 1845, 4 vol. gr. in-8, cartonn., dos et coins mar. vert jans., non rognés (*Couvert.*).

PREMIER TIRAGE.
Bel exemplaire très frais ; les couvertures sont doublées.

341. SWIFT. Voyages de Gulliver dans des contrées lointaines. Edition illustrée par Grandville. Traduction nouvelle. *Paris, H. Fournier aîné et Furne & Cie*, 1838, 2 vol. in-8, dos et coins chagrin rouge, non rognés.

PREMIER TIRAGE; reliure de l'époque.

342. SWIFT. Les quatre voyages du capitaine Lemuel Gulliver. Traduction de l'abbé Desfontaines, revue, complétée et précédée d'une notice par H. Reynald. Gravures à l'eau-forte par Lalauze. *Paris, Librairie des bibliophiles*, 1875, 4 vol. in-8, brochés (*Couvert.*).

Un des 15 exemplaires (n° 22) imprimés sur PAPIER WHATMAN contenant les eaux-fortes en deux états : AVANT et avec la lettre.

343. TAINE (H.). Voyage aux Pyrénées. Illustré par Gustave Doré. *Paris, Hachette et Cie*, 1860, in-8, broché (*Couvert.*).

PREMIER TIRAGE.

344. THEURIET (André). Sous bois. Nouvelle édition illustrée de soixante-dix-huit compositions de H. Giacomelli, gravées sur bois par Berveiller, Froment, Méaulle et Rouget. Préface de Jules Claretie. *Paris, L. Conquet*, 1883, in-8, broché (*Couvert. illust.*).

Un des 75 exemplaires (n° 17) imprimés sur PAPIER DE CHINE contenant le TIRAGE A PART sur Chine de tous les bois.
On y a joint une couverture sur Japon ornée d'une petite AQUARELLE ORIGINALE de GIACOMELLI.

345. THEURIET (André). Les Œillets de Kerlaz. Edition originale illustrée de quatre eaux-fortes de Rudaux, de huit en têtes et culs-de-lampe de Giacomelli, gravés par T. de Mare. *Paris, L. Conquet*, 1885, pet. in-16, broché (*Couvert. illust.*).

Exemplaire imprimé sur PAPIER DU JAPON, offert par l'éditeur à M. Ouachée.

346. THEURIET (André). Bigarreau. *Paris, Lemerre*, 1886, in-12, broché (*Couvert.*).

Edition originale.
Exemplaire imprimé sur papier de Hollande orné, sur les marges, de 66 AQUARELLES ou DESSINS ORIGINAUX de ROBAUDI.
On y a ajouté la suite des 6 figures gravées à l'eau-forte par *Toussaint*, en épreuves avant la lettre.

347. TILLIER (Claude). Mon Oncle Benjamin. Nouvelle édition illustrée d'un portrait-frontispice et de 42 dessins de Sahib, gravés sur bois par Prunaire. Avec une préface par Monselet. *Paris, L. Conquet*, 1881, 2 vol. in-8, brochés (*Couvert.*).

Un des 50 exemplaires (n° 7) imprimés sur papier du Japon blanc, contenant un tirage a part, en bistre, de tous les bois.

348. TÖPFFER (R.). Voyages en zigzag ou excursions d'un pensionnat en vacances dans les cantons suisses et sur le revers italien des Alpes, illustrés d'après les dessins de l'auteur et ornés de 15 grands dessins par M. Calame. *Paris, chez Dubochet et Cie*, 1844. — Nouveaux voyages en zigzag à la Grande Chartreuse, autour du Mont-Blanc... précédés d'une notice par Sainte-Beuve. Illustrés d'après les dessins originaux de Töpffer par MM. Calame, Karl Girardet, Français, etc. *Paris. Victor Lecou*, 1854. — Ens. 2 vol. gr. in-8, cartonn. dos et coins mar. noir, non rognés (*Couvert.*).

Beaux exemplaires de premier tirage.
Les couvertures sont doublées.

349. UCHARD (Mario). Mon Oncle Barbassou. Orné de 40 compositions gravées à l'eau-forte par Paul Avril. *Paris, J. Lemonnyer*, 1884, in-8, broché (*Couvert.*).

Un des 50 exemplaires (n° 37) imprimés sur papier du Japon ; contenant les eaux-fortes en 3 états, dont l'eau-forte pure.
On y a joint 6 figures refusées à l'état d'eau-forte.

350. UZANNE (Octave). L'Eventail. — L'Ombrelle, le gant, le manchon. Illustrations de Paul Avril. *Paris, Quantin*, 1882-1883. — Ens. 2 vol. in-8, brochés (*Couvert.*).

Exemplaires imprimés sur papier vélin auxquels on a joint une suite a part sur Japon de toutes les illustrations. Chaque suite est renfermée dans l'emboitage en satin des volumes.

351. UZANNE (Octave). Dictionnaire bibliophilosophique, typologique, iconophilesque bibliopégique et bibliotechnique à l'usage des bibliognostes, des bibliomanes et des bibliophilistins.

Paris, imprimé pour les Sociétaires de l'Académie des beaux livres, 1896, in-8, broché dans un carton (*Couvert. illust.*).

Edition tirée à 176 exemplaires.

352. UZANNE (Octave). Voyage autour de sa chambre. Illustrations de Henri Caruchet, gravées à l'eau-forte par Frédéric Massé, relevées d'aquarelles à la main. *Paris, imprimé pour les Bibliophiles indépendants, Henry Floury*, 1896, pet. in-4, broché (*Couvert.*).

Edition tirée à 210 exemplaires sur papier vélin de Hollande et contenant un TIRAGE A PART en noir de toutes les figures.

353. VALLÈS (Jules). Les Réfractaires. Nouvelle édition. *Paris, Charpentier*, 1841, in-12, broché (*Couvert.*).

Un des 50 exemplaires (n° 9) imprimés sur PAPIER DE HOLLANDE.

354. VALLÈS (Jules). La Rue à Londres. Edition ornée de 22 eaux-fortes et de nombreux dessins par A. Lançon. *Paris, Charpentier*, 1884, pet. in-fol., cartonn., toile grise, fers spéciaux, non rogné (*Rel. de l'éditeur*).

Exemplaire imprimé sur papier vélin, avec le tirage des eaux-fortes sur papier de Hollande.

355. VALLÈS (Jules). Jacques Vingtras. L'Enfant. Edition illustrée de 12 eaux-fortes par Renouard. *Paris, A. Quantin*, 1884, in-8, broché (*Couvert.*).

356. VICAIRE (Gabriel). Rosette en Paradis. Quinze eaux-fortes en couleurs par Louis Morin. *Paris, gravé et imprimé pour les Amis des livres*, 1904, in-8, broché (*Couvert. illust.*).

Tirage à 115 exemplaires.

357. VIGNY (Alfred de). Servitude et grandeur militaires. *Paris, F. Bonnaire et Magen*, 1835, in-8, demi-rel. veau brun, non rogné (*Rel. de l'époque*).

EDITION ORIGINALE, rare.

358. VIGNY (Alfred de). Servitude et grandeur militaires. Dessins de H. Dupray, gravés à l'eau-forte par Daniel Mordant. *Paris, imprimé pour les Amis des livres*, 1885, gr. in-8, broché (*Couvert.*).

Edition tirée à 121 exemplaires imprimés sur PAPIER DU JAPON, contenant les illustrations en trois états dont l'EAU-FORTE PURE.

359. VOGÜÉ (Vte E.-M. de). Histoires d'hiver. *Paris, Calmann-*

Lévy, 1885, pet. in-16, mar. brun, jans., dent. int., tête dor., non rogné, couverture (*Noalhac*).

Un des 20 exemplaires (n° 19) imprimés sur PAPIER DU JAPON ; il est orné sur le faux-titre et dans les marges de 25 JOLIES AQUARELLES ORIGINALES de H. DE STA.

360. VOGÜE (Vte E.-M. de). Le Manteau de Joseph Olénine. Portrait gravé par A. Lamotte. *Paris*, *L. Conquet*, 1889, in-16, broché (*Couvert.*).

Un des 200 exemplaires imprimés sur papier vélin du Marais, offert par l'éditeur à M. Ouachée.

361. VOLTAIRE. Les vous et les tu, épître de M. de Voltaire ornée de lithographies à la plume par Fraipont. *Paris, imprimé pour les Amis des livres*, 1883, plaquette in-8, brochée (*Couvert.*).

Exemplaire contenant un tirage à part sur PAPIER DU JAPON des illustrations du texte.

362. **VOLTAIRE.** Zadig ou la destinée. Histoire orientale. *Paris, imprimé pour les Amis des livres*, 1893, gr. in-8, broché (*Couvert.*).

Edition tirée à 115 exemplaires, ornée de figures en couleur gravées par *Gaujean*, d'après les dessins de *Félicien Rops*, *J. Garnier* et *A. Robaudi*.

Chacune des planches est accompagnée des tirages successifs de chaque couleur.

363. VOYAGE OÙ IL VOUS PLAIRA, par Tony Johannot, Alfred de Musset et P.-J. Stahl. *Paris*, *J. Hetzel*, 1843, gr. in-8, broché (*Couvert. illust.*).

PREMIER TIRAGE.

Vignettes sur bois par *Brugnot*, *Dujardin*, *Andrew Best* et *Leloir*, etc., dont 63 sont tirées à part.

Bel exemplaire.

364. ZOLA (Emile). Pot-Bouille. — Au Bonheur des dames. — Germinal. *Paris*, *Charpentier*, 1882-1885, 3 vol. in-12, brochés (*Couvert.*).

EDITIONS ORIGINALES.

365. ZOLA (Emile). Nouveaux contes à Ninon. 1 frontispice et 30 compositions dessinés et gravés à l'eau-forte par Ed. Rudaux. *Paris*, *L. Conquet*, 1886, 2 vol. in-8, brochés (*Couvert.*).

Exemplaire (n° 11), imprimé sur GRAND PAPIER DU JAPON, contenant

les eaux-fortes en trois états dont l'EAU-FORTE PURE ; il est orné au premier volume de 24 JOLIES AQUARELLES ORIGINALES de P. AVRIL.

366. ZOLA (Emile). L'œuvre. *Paris, Charpentier,* 1886, in-12, broché (*Couvert.*).

ÉDITION ORIGINALE.
PAPIER DE HOLLANDE.

ORDRE DES VACATIONS

Première vacation.

Le mercredi 28 avril 1909.

Livres modernes.	Nos 147 à 177
—	71 à 146
Livres anciens.	1 à 70

Deuxième vacation.

Le jeudi 29 avril 1909.

Livres modernes.	Nos 178 à 361
—	363 à 366
—	362
—	[illegible]

CHARTRES. — IMPRIMERIE DURAND, RUE FULBERT.

www.ingramcontent.com/pod-product-compliance
Lightning Source LLC
LaVergne TN
LVHW010040230826
846091LV00005B/1802
* 9 7 8 2 3 2 9 6 8 3 2 6 3 *